El Demonio y la Señorita Prym

TAMBIÉN DE PAULO COELHO

El Alquimista

El Demonio y la señorita Prym

El Peregrino

Las Valkirias

A orillas del río Piedra me senté y lloré

La Quinta Montaña

Veronika decide morir

Manual del guerrero de la luz

Once minutos

El Zahir

La bruja de Portobello

Brida

El vencedor está solo

Aleph

El manuscrito encontrado en Accra

Adulterio

La espía

Hippie

El arquero

El Demonio y la Señorita Prym

Paulo Coelho

Traducción de M. Dolors Ventós

HarperCollins *Español*

Este libro es una obra de ficción. Todos los personajes, hechos e incidentes descritos en sus páginas son ficticios o se usan de modo ficticio. Cualquier similitud con sucesos, lugares o personas reales, vivas o muertas, es pura coincidencia.

Los libros de HarperCollins Español pueden ser adquiridos con fines educativos, empresariales o promocionales. Para más información, envíe un correo electrónico a SPsales@harpercollins.com.

paulocoelhoblog.com

Primera edición de HarperCollins, 2006

Primera edición de HarperCollins Español, 2022

Este libro fue publicado por primera vez en Brasil en 2000 bajo el titulo *O Demônio e a srta Prym* por Objetiva.

Traducción: M. Dolors Ventós

Este libro ha sido debidamente catalogado en la Biblioteca del Congreso de los Estados Unidos.

ISBN 978-0-06-112425-9

22 23 24 25 26 LSC 10 9 8 7 6 5 4 3 2 1

Oh, María, sin pecado concebida,
rogad por nosotros, que recurrimos a Vos. Amén.

Cierto personaje le preguntó: «Buen Maestro,
¿qué debo hacer para heredar la vida eterna?».
Y Jesús le respondió: «¿Por qué me llamas bueno?
Únicamente Dios es bueno».

LUCAS 18, 18-19

Nota del autor

LA PRIMERA HISTORIA SOBRE la División nace en la antigua Persia: el dios del tiempo, después de haber creado el universo, se da cuenta de la armonía que tiene a su alrededor, pero siente que le falta algo muy importante: una compañía con quien disfrutar de toda aquella belleza.

Durante mil años, reza para conseguir un hijo. La historia no cuenta a quién se lo pide, ya que él es todopoderoso, señor único y supremo; a pesar de todo, reza y, al final, queda encinta.

Cuando comprende que ha conseguido lo que quería, el dios del tiempo se arrepiente, consciente de que el equilibrio entre las cosas es muy frágil. Pero ya es demasiado tarde: el hijo ya está en camino. Lo único que consigue con su llanto es que la criatura que lleva en su vientre se divida en dos.

Cuenta la leyenda que de la oración del dios del tiempo nace el Bien (Ormuz), y de su arrepentimiento nace el Mal (Ahriman), dos hermanos gemelos.

Preocupado, hace lo posible para que Ormuz salga primero de su vientre, controlando a su hermano, Ahriman, y evitando que cause problemas en el universo. Pero el Mal, inteligente y espabilado, da un empujón a Ormuz en el momento del parto, y es el primero en ver la luz de las estrellas.

El dios del tiempo, desolado, decide crear aliados para Ormuz, y entonces crea la raza humana, que luchará con él para dominar a Ahriman y evitar que se apodere del mundo.

En la leyenda persa, la raza humana nace como aliada del Bien y, según la tradición, al final vencerá. Siglos después, surge una versión opuesta, en la que el hombre es el instrumento del Mal.

CREO QUE TODOS vosotros ya sabéis de qué os estoy hablando: un hombre y una mujer están en el jardín del Paraíso, gozando de todas las delicias imaginables. Sólo se les ha prohibido una cosa: la pareja no puede conocer el significado de Bien y Mal. Dice el Señor Todopoderoso: «No comerás del árbol del bien y del mal». (Génesis, 2:17.)

Pero un buen día aparece la serpiente, que afirma que este conocimiento es más importante que el mismo Paraíso, y que ellos deben poseerlo. La mujer se niega a ello, diciendo que Dios los ha amenazado de muerte, pero la serpiente afirma que no les pasará nada, sino al contrario: el día en que sepan lo que es el Bien y el Mal, serán iguales a Dios.

Eva, convencida, come de la fruta prohibida y da una parte de ella a Adán. A partir de entonces, el equilibrio original del Paraíso queda destruido, y ambos son expulsados y malditos. Pero Dios pronuncia una frase enigmática que da toda la razón a la serpiente: «Hete aquí que el hombre se ha convertido en uno de nosotros, conocedor del Bien y del Mal».

En este caso (al igual que en el del dios del tiempo, que reza pidiendo algo aunque sea el señor absoluto), la Biblia no explica con quién está hablando el Dios único, y —si él es único— ¿por qué dice «en uno de nosotros»?

SEA COMO FUERE, desde sus orígenes, la raza humana está condenada a lidiar con la eterna División entre dos polos opuestos. Y así estamos nosotros, con las mismas dudas que nuestros antepasados; este libro tiene como objetivo abordar este tema utilizando, en algunos momentos de su trama, leyendas sobre este asunto, que han sido sembradas por los cuatro cantos del mundo.

CON *EL DEMONIO y la señorita Prym* concluyo la trilogía *Y al séptimo día...*, de la cual forman parte *A orillas del río Piedra me senté y lloré* (1994) y *Veronika decide morir* (1998). Los tres libros hablan de una semana en la vida de unas personas normales que, repentinamente, se ven enfrentadas al amor, a la muerte y al poder. Siempre he creído que las transformaciones más profundas, tanto en el ser humano como en la sociedad, tienen lugar en períodos de tiempo muy reducidos. Cuando menos lo esperamos, la vida nos coloca delante un desafío que pone a prueba nuestro coraje y nuestra voluntad de cambio; en ese momento, no sirve de nada fingir que no pasa nada, ni disculparnos diciendo que aún no estamos preparados.

El desafío no espera. La vida no mira hacia atrás. En una semana hay tiempo más que suficiente para decidir si aceptamos o no nuestro destino.

Buenos Aires, agosto de 2000

El Demonio y la Señorita Prym

HACÍA CASI QUINCE AÑOS QUE la vieja Berta se sentaba todos los días delante de su puerta. Los habitantes de Viscos sabían que los ancianos suelen comportarse así: sueñan con el pasado y la juventud, contemplan un mundo del que ya no forman parte, buscan temas de conversación para hablar con los vecinos...

Pero Berta tenía un motivo para estar allí. Y su espera terminó aquella mañana, cuando vio al forastero subir por la escarpada cuesta y dirigirse lentamente en dirección al único hotel de la aldea. No era tal como se lo había imaginado tantas veces; sus ropas estaban gastadas por el uso, tenía el cabello más largo de lo normal e iba sin afeitar.

Pero llegaba con su acompañante: el Demonio.

«MI MARIDO TIENE razón —se dijo a sí misma—. Si yo no estuviera aquí, nadie se habría dado cuenta».

Era pésima para calcular edades, por eso estimó que tendría entre cuarenta y cincuenta años. «Un joven», pensó, utilizando ese baremo que sólo entienden los viejos. Se preguntó en silencio por cuánto tiempo se quedaría pero no llegó a ninguna conclusión; quizás poco tiempo, ya que sólo llevaba una pequeña mochila. Lo más probable era que sólo se quedase una noche, antes de seguir adelante, hacia un destino que ella no conocía ni le interesaba.

A pesar de ello, habían valido la pena todos los años que pasó sentada a la puerta de su casa esperando su llegada, porque le habían enseñado a contemplar la belleza de las montañas (nunca antes se había fijado en ello, por el simple hecho de que había nacido allí, y estaba acostumbrada al paisaje).

El hombre entró en el hotel, tal como era de esperar. Berta consideró la posibilidad de hablar con el cura acerca de aquella presencia indeseable, pero seguro que el sacerdote no le haría caso y pensaría que eran manías de viejos.

BIEN, AHORA SÓLO faltaba esperar acontecimientos. Un demonio no necesita tiempo para causar estragos, igual que las tempestades, los huracanes y las avalanchas que, en pocas horas, consiguen destruir árboles que fueron plantados doscientos años antes. De repente, se dio cuenta de que el simple conocimiento de que el Mal acababa de entrar en Viscos no cambiaba en nada la situación; los demonios llegan y se van siempre, sin que, necesariamente, nada se vea afectado por su presencia. Caminan por el mundo constantemente, unas veces sólo para saber lo que está pasando, otras veces para poner a prueba alguna alma, pero son inconstantes y cambian de objetivo sin ninguna lógica, sólo los guía el placer de librar una batalla que valga la pena. Berta estaba convencida de que en Viscos no había nada de interesante ni especial que pudiera atraer la atención de nadie por más de un día, y mucho menos de un personaje tan importante y ocupado como un mensajero de las tinieblas.

Intentó concentrarse en otra cosa, pero no podía quitarse de la cabeza la imagen del forastero. El cielo, antes soleado, empezó a cubrirse de nubes.

«Eso es normal en esta época del año —pensó—. No tiene ninguna relación con la llegada del forastero, es pura coincidencia».

Entonces oyó el lejano estrépito de un trueno, seguido de otros tres. Por una parte, eso significaba que pronto llovería; por otra, si decidía creer en las antiguas tradiciones del pueblo, podía interpretar aquel sonido como la voz de un Dios airado que se quejaba de que los hombres se habían vuelto indiferentes a Su presencia.

«Tal vez debería hacer algo. Al fin y al cabo, acaba de llegar lo que yo estaba esperando».

Pasó unos minutos prestando atención a todo lo que sucedía a su alrededor; las nubes seguían descendiendo sobre la ciudad, pero no oyó ningún otro ruido. Como buena ex católica, no creía en tradiciones ni en supersticiones, especialmente las de Viscos, que tenían sus raíces en la antigua civilización celta que había poblado aquella zona en el pasado.

«Un trueno es un fenómeno de la naturaleza. Si Dios quisiera hablar con los hombres, no utilizaría unos medios tan indirectos».

Fue sólo pensar en ello y volver a oír el fragor de un trueno, mucho más próximo. Berta se levantó, cogió su silla y entró en casa antes de que empezara a llover, pero ahora tenía el corazón oprimido, con un miedo que no conseguía definir.

«¿Qué debo hacer?».

Volvió a desear que el forastero partiera inmediatamente; ya estaba demasiado vieja como para ayudarse a sí misma o a su pueblo o, muchísimo menos, a Dios Todopoderoso, quien, en caso de necesitar ayuda, a buen seguro hubiera elegido una persona más joven. Todo aquello no pasaba de un delirio; a falta de nada mejor que hacer, su marido se inventaba cosas que la ayudaran a matar el tiempo.

Pero había visto al Demonio; sí, no tenía la menor duda de ello.

En carne y hueso, vestido de peregrino.

El hotel era, al mismo tiempo, tienda de productos regionales, restaurante de comida típica, y un bar donde los habitantes de Viscos acostumbraban a reunirse para discutir sobre las mismas cosas, como el tiempo o la falta de interés de la juventud por la aldea. «Nueve meses de invierno y tres de infierno», solían decir, refiriéndose al hecho de que necesitaban hacer, en noventa días escasos, todas la faenas del campo: labranza, abono, siembra, espera, cosecha, almacenaje del heno, esquilar las ovejas...

Todos los que residían allí sabían perfectamente que se obstinaban en vivir en un mundo que ya había caducado. A pesar de ello, no les resultaba fácil aceptar que formaban parte de la última generación de los campesinos y pastores que habían poblado aquellas montañas desde hacía siglos. Más pronto o más tarde llegarían las máquinas, el ganado sería criado lejos de allí, con piensos especiales, y tal vez venderían la aldea a una gran empresa, con sede en el extranjero, que la convertiría en una estación de esquí.

Esto ya había sucedido en otras poblaciones de la comarca, pero Viscos se resistía a ello, porque tenía una deuda con su pasado, con la fuerte tradición de los ancestros que habían habitado aquella zona en la antigüedad y que les habían enseñado la importancia de luchar hasta el último momento.

El forastero leyó cuidadosamente la ficha de inscripción del hotel, mientras decidía cómo la iba a rellenar. Por su acento, sabrían que procedía de algún país de Sudamérica, y decidió que ese país sería Argentina, porque le encantaba su selección de fútbol. También pedían el domicilio, y el hombre escribió calle Colombia porque tenía entendido que los sudamericanos suelen homenajearse recíprocamente dando nombres de países vecinos a las avenidas importantes. Como nombre de pila, eligió el de un famoso terrorista del siglo pasado.

En menos de dos horas, los doscientos ochenta y un habitantes de Viscos ya sabían que acababa de llegar al pueblo un extranjero llamado Carlos, nacido en Argentina, que vivía en la bonita calle de Colombia, en Buenos Aires. Ésa es la ventaja de las comunidades muy pequeñas: no es necesario hacer ningún esfuerzo para que en muy poco tiempo se sepa tu vida y milagros.

Y ésa, por cierto, era la intención del recién llegado.

SUBIÓ A LA habitación y vació su mochila: había traído algo de ropa, una maquinilla de afeitar, un par de zapatos de repuesto, un grueso cuaderno donde hacía sus anotaciones, y once lingotes de oro que pesaban dos kilos cada uno. Exhausto por la tensión, la subida y el peso que cargaba, se durmió casi inmediatamente, no sin antes atrancar la puerta con una silla, a pesar de saber que podía confiar plenamente en todos y cada uno de los habitantes de Viscos.

AL DÍA SIGUIENTE, desayunó, dejó la ropa sucia en la recepción del hotelito para que se la lavaran, volvió a colocar los lingotes en la mochila y salió en dirección a la montaña situada al este de la aldea. Por el camino, sólo vio a una vecina de la población: una vieja que estaba sentada delante de la puerta de su casa, y que lo observaba con curiosidad.

Se internó en el bosque, y esperó a que sus oídos se acostumbraran al murmullo de los insectos, los pájaros y el viento que batía en las ramas sin hojas; sabía perfectamente que en un lugar como aquél, lo podían observar sin que él lo notara, y estuvo sin hacer nada durante una hora.

Cuando tuvo la certeza de que cualquier observador eventual ya se habría cansado y se habría ido sin ninguna novedad que contar, cavó un agujero cerca de una formación rocosa en forma de Y, y allí escondió uno de los lingotes. Subió un poco más, y estuvo otra hora sin hacer nada; mientras simulaba contemplar la naturaleza en profunda meditación, descubrió otra formación rocosa —ésta en forma de águila— y allí cavó un segundo agujero, donde colocó los diez lingotes de oro restantes.

LA PRIMERA PERSONA que vio, en el camino de vuelta al pueblo, fue una chica sentada a la vera de uno de los muchos torrentes de la comarca, formados por el deshielo de los glaciares. Ella levantó los ojos del libro que estaba leyendo, advirtió su presencia, y retomó la lectura; con toda certeza, su madre le habría enseñado que jamás se debe dirigir la palabra a un forastero.

Pero los extranjeros, cuando llegan a una ciudad nueva, tienen todo el derecho a intentar entablar amistad con desconocidos, y el hombre se aproximó a ella.

—Hola —le dijo—. Hace mucho calor para esta época del año.

Ella asintió con la cabeza.

El extranjero insistió:

—Me gustaría enseñarte algo.

Ella, muy educadamente, dejó el libro a un lado, le dio la mano y se presentó.

—Me llamo Chantal, hago el turno de noche en el bar del hotel donde te hospedas, y ayer me extrañó que no bajaras a cenar, piensa que los hoteles no sólo ganan dinero por el alquiler de las habitaciones, sino por todo lo que consumen los huéspedes. Tu nombre es Carlos, eres argentino y vives en una calle que se llama Colombia; ya lo sabe todo el pueblo, porque un hombre que llega aquí, fuera de la temporada de caza, es siempre objeto de curiosidad. Un hombre de unos cincuenta años, cabello gris, mirada de haber vivido mucho...

»Por lo que respecta a tu invitación de enseñarme algo, muchas gracias, pero conozco el paisaje de Viscos desde todos los ángulos posibles e imaginables; tal vez sería mejor que fuera yo quien te enseñara lugares que no has visto nunca, pero supongo que estarás muy ocupado.

—Tengo cincuenta y dos años, no me llamo Carlos y todos los datos del registro son falsos.

Chantal no sabía qué decir. El forastero continuó hablando:

—No es Viscos lo que te quiero enseñar, sino algo que no has visto nunca.

Ella había leído muchas historias de chicas que siguieron a un desconocido hasta el corazón del bosque y desaparecieron sin dejar rastro. Por un instante, sintió miedo; pero el miedo fue sustituido inmediatamente por una sensación de aventura, al fin y al cabo, aquel hombre no se atrevería a hacerle ningún daño, puesto que acababa de decirle que todo el pueblo estaba enterado de su presencia, a pesar de que los datos del registro no correspondieran a la realidad.

—¿Quién eres? —le preguntó—. Si lo que me has dicho es cierto, ¿acaso no sabes que podría denunciarte a la policía por falsificar tu identidad?

—Prometo responder a todas tus preguntas, pero antes tienes que venir conmigo porque quiero mostrarte algo. Está a cinco minutos de camino.

Chantal cerró el libro, respiró profundamente, y rezó una oración para sus adentros, mientras su corazón se henchía de una mezcla de excitación y miedo. Después se levantó y acompañó al extranjero, convencida de que se trataba de una nueva frustración en su vida, que siempre empezaba con un encuentro lleno de promesas para luego revelarse como otro sueño de amor imposible.

El hombre se acercó a la roca en forma de Y, le mostró la tierra recién removida y le pidió que sacara lo que había enterrado allí.

—Me ensuciaré las manos —dijo Chantal—. Y la ropa.

El hombre cogió una rama, la partió y se la dio para que cavara la tierra. A ella le extrañó su comportamiento pero hizo lo que le pedía.

Al cabo de cinco minutos, Chantal tenía delante de sus ojos un lingote dorado y sucio.

—Parece oro —dijo.

—Es oro. Y es mío. Vuelve a cubrirlo de tierra, por favor.

Ella le obedeció. El hombre la llevó al otro escondrijo. Ella volvió a cavar y, esta vez, quedó muy sorprendida por la cantidad de oro que tenía delante de sus ojos.

—También es oro. Y también es mío —le dijo el extranjero.

Chantal estaba a punto de volver a enterrar el oro, cuando él le pidió que dejara el agujero tal como estaba. Se sentó en una piedra, encendió un cigarrillo, y se puso a contemplar el horizonte.

—¿Por qué me lo has enseñado?

Él no dijo nada.

—¿Quién eres? ¿Qué haces aquí? ¿Por qué me has enseñado esto, sabiendo que puedo contar a todo el pueblo lo que hay escondido en esta montaña?

—Demasiadas preguntas al mismo tiempo —respondió el extranjero, manteniendo los ojos fijos en la montaña, como si ignorase su presencia allí—. Por lo que respecta a contárselo a todo el pueblo, eso es precisamente lo que deseo.

—Me prometiste que, si te acompañaba, responderías a todas mis preguntas.

—En primer lugar, nunca creas en promesas. El mundo está lleno de ellas: riqueza, salvación eterna, amor infinito. Algunas personas se consideran capaces de prometer de todo, otras aceptan cualquier cosa que les garantice días mejores, y ése, según creo, es tu caso. Los que prometen y no cumplen acaban sintiéndose impotentes y frustrados, tal como les sucede a los que se aferran a las promesas.

Estaba complicando las cosas; le hablaba de su propia vida, de la noche que cambió su destino, de las mentiras que se vio obligado a creer porque le resultaba imposible aceptar la realidad. Debería utilizar el mismo lenguaje que la chica, palabras que ella pudiera comprender.

Pero Chantal lo entendía casi todo. Como todo hombre mayor, sólo pensaba en el sexo con las personas más jóvenes. Como todo ser humano, creía que el dinero puede comprar cualquier cosa. Como todo extranjero, estaba convencido de que las chicas de pueblo son lo bastante tontas como para aceptar cualquier proposición, real o imaginaria, que signifique una remota posibilidad de largarse de su aldea.

No era el primero, ni —desgraciadamente— tampoco sería el último que intentaba seducirla de una manera tan grosera. Lo que la dejaba confusa era la cantidad de oro que le estaba ofreciendo; jamás pensó valer tanto, y aquello le agradaba pero, al mismo tiempo, le causaba pánico.

—Ya soy mayorcita para creer en promesas —le respondió, intentando ganar tiempo.

—Pero siempre las has creído, y sigues creyéndolas.

—Te equivocas; sé que vivo en el Paraíso, he leído la Biblia y no pienso cometer el mismo error que Eva, que no se conformó con lo que tenía.

Por supuesto, eso no era cierto, y a la chica empezaba a preocuparle la posibilidad de que el extranjero perdiera el interés y se marchara. En realidad, ella misma había tejido la telaraña al provocar un encuentro en el bosque, se había situado en un lugar estratégico por donde él pasaría forzosamente en su camino de vuelta, de manera que tendría alguien con quien charlar, quizás surgiría una promesa y, durante algunos días, ella soñaría con un nuevo amor y un viaje sin retorno más allá del valle donde había nacido. Su corazón estaba lleno de heridas, había dejado escapar muchas oportunidades pensando que aún no había llegado la persona adecuada, pero ahora sentía que el tiempo transcurría más de prisa de lo que había imaginado y estaba dispuesta a abandonar Viscos con el primer hombre que la quisiera llevar, aunque no sintiera nada por él. Con toda certeza, aprendería a amarlo; el amor también es cuestión de tiempo.

—Eso es precisamente lo que quiero averiguar: si vivimos

en un paraíso o en un infierno. —El hombre interrumpió sus pensamientos.

Estaba cayendo en la trampa que le había preparado.

—En el paraíso. Pero quien vive durante mucho tiempo en un lugar perfecto, termina por aborrecerlo.

Había lanzado el primer anzuelo. Le había dicho, en otras palabras: «Estoy libre y disponible». La siguiente pregunta del hombre debería ser: «¿como tú?».

—¿Como tú? —quiso saber el extranjero.

Debía ser muy prudente, si se acercaba a la fuente con mucha sed, el hombre podía asustarse.

—No lo sé. Algunas veces siento que sí, otras, creo que mi destino está aquí, y que no sabría vivir lejos de Viscos.

Siguiente paso: fingir indiferencia.

—Bien, puesto que no me quieres contar nada al respecto del oro que me enseñaste, te agradezco el paseo y vuelvo a mi río y mi libro. Gracias.

—¡Espera!

El hombre había mordido el anzuelo.

—Por supuesto que pienso contarte el porqué del oro; de lo contrario, no te habría traído hasta aquí.

Sexo, dinero, poder, promesas. Pero Chantal adoptó el aire de quien está esperando una revelación sorprendente; a los hombres les produce un extraño placer sentirse superiores, no se dan cuenta de que, la mayoría de las veces, se comportan de una manera absolutamente previsible.

—Debes tener una gran experiencia en la vida; a buen seguro que podrás enseñarme muchas cosas.

Eso. Aflojar ligeramente la cuerda, adular un poco para no asustar a la presa es una regla muy importante.

—Pero tienes un hábito pésimo: en lugar de responder a una simple pregunta, sueltas unos sermones larguísimos sobre promesas o el comportamiento que debemos adoptar en la vida. Me encantará quedarme aquí, siempre que respondas a las preguntas que te hice de buen principio: ¿quién eres? Y ¿qué haces aquí?

El extranjero desvió los ojos de las montañas y miró a la chica que tenía delante. Durante muchos años había trabajado con todo tipo de personas y sabía —con certeza casi absoluta— lo que ella estaba pensando. Seguro que pensaba que le había enseñado el oro para impresionarla con su riqueza, de la misma manera que ahora ella intentaba impresionarlo con su juventud e indiferencia.

—¿Quién soy yo? Bueno, digamos que soy un hombre que ya hace algún tiempo que busca una determinada verdad; que averigüé la teoría pero nunca la llevé a la práctica.

—¿Qué verdad?

—Sobre la naturaleza del ser humano. Averigüé que, si tenemos la oportunidad de caer en la tentación, terminamos por caer en ella. Dependiendo de las condiciones, todos los seres humanos de la tierra estamos dispuestos a hacer el mal.

—Creo que...

—No se trata de lo que creas tú ni de lo que crea yo, ni tampoco de lo que queramos creer, sino de averiguar si mi teoría está en lo cierto. ¿Quieres saber quién soy? Soy un industrial muy rico, muy famoso, que tuvo a sus órdenes a millares de empleados, que fue agresivo cuando era preciso y bueno cuando era necesario.

»Alguien que ha tenido vivencias que muchas personas ni siquiera imaginan que puedan existir y que, más allá de los límites, buscó tanto el placer como el conocimiento. Un hombre que conoció el paraíso cuando se consideraba prisionero de la rutina y de la familia, y que conoció el infierno cuando pudo gozar del paraíso y de la libertad total. Eso es lo que soy, un hombre que ha sido bueno y malo durante toda su vida, tal vez la persona más preparada para responder a mi pregunta sobre la esencia del ser humano, y por eso estoy aquí. Y sé perfectamente lo que vas a preguntarme ahora.

Chantal sintió que perdía terreno y debía recuperarlo rápidamente.

—¿Crees que voy a preguntarte por qué me has enseñado el oro? Pues, en realidad, lo que deseo saber es por qué un industrial rico y famoso ha venido a Viscos en busca de una respuesta que puede hallar en los libros, las universidades o, simplemente, contratando a algún filósofo ilustre.

El extranjero quedó muy complacido por la sagacidad de la chica. ¡Perfecto! Había elegido a la persona adecuada, como siempre.

—Vine a Viscos porque concebí un plan. Hace mucho tiempo asistí a la representación teatral de una obra de un autor llamado Dürrenmatt, supongo que lo conoces...

El comentario era una provocación; era evidente que aquella chica jamás había oído hablar de Dürrenmatt, pero adoptaría un aire indiferente, como si supiera de lo que se trataba.

—Sigue —dijo Chantal, fingiendo indiferencia.

—Me alegro de que lo conozcas, pero permíteme que te recuerde de cuál de sus obras te estoy hablando —el hombre midió bien sus palabras, de manera que el comentario no sonara exageradamente cínico, pero con la firmeza de quien sabía que ella estaba mintiendo—. Una vieja dama vuelve a su ciudad natal, convertida en una mujer muy rica, sólo para humillar y destruir al hombre que la había rechazado de joven. Toda su vida, su matrimonio, su éxito financiero habían sido motivados por el deseo de vengarse de su primer amor.

»Entonces concebí mi propio juego: ir a un lugar apartado del mundo, donde todos contemplan la vida con alegría, paz y compasión, y ver si consigo que infrinjan algunos de los mandamientos de la ley de Dios.

Chantal desvió la mirada y fijó los ojos en las montañas. Era consciente de que el extranjero se había dado cuenta de que no conocía a ese escritor y ahora temía que le preguntara cuáles eran los mandamientos; nunca había sido muy religiosa, y no tenía la menor idea.

—En este pueblo, todos son honestos, empezando por ti —continuó diciendo el extranjero—. Te enseñé un lingote de oro que te daría la independencia necesaria para marcharte, correr mundo, realizar todos los sueños de las chicas que viven en pueblos pequeños y aislados. Se quedará aquí; aunque sepas que es mío podrías robarlo, si quisieras, pero entonces infringirías uno de los mandamientos: «No robarás».

La chica miró al extranjero.

—Por lo que respecta a los diez lingotes restantes, serían suficientes para que ninguno de los habitantes del lugar tuviera que volver a trabajar en su vida —continuó diciendo—. Te pedí que no los cubrieras de tierra porque voy a trasladarlos a un escondite que sólo yo conoceré. Cuando vuelvas al pueblo, quiero que digas que los has visto, y que estoy dispuesto a entregarlos a los habitantes de Viscos si hacen una cosa que jamás han imaginado.

—¿Por ejemplo?

—No se trata de un ejemplo, sino de algo concreto: quiero que infrinjan el mandamiento de «no matarás».

—¡¿Cómo?!

La pregunta le había surgido casi como un grito.

—Lo que acabas de oír. Quiero que cometan un crimen.

El extranjero notó que el cuerpo de la chica se había quedado rígido, y que podía marcharse en cualquier momento, sin escuchar el resto de la historia. Era necesario contarle rápidamente todo su plan.

—Os doy una semana de plazo. Si al final de estos siete días, alguien aparece muerto en la aldea, puede ser un viejo inútil, un enfermo terminal o un deficiente mental que sólo da trabajo, no importa quién sea la víctima, este dinero será de sus habitantes y yo llegaré a la conclusión de que todos somos malos. Si tú robas el lingote de oro, pero la gente del pueblo se resiste a la tentación o viceversa, llegaré a la conclusión de que hay buenos y malos, cosa que me planteará un problema muy serio, porque eso significa que hay una lucha en el plano espiritual, que puede ser ganada por cualquiera de los dos bandos. ¿Crees en Dios, en planos espirituales o en luchas entre ángeles y demonios?

La chica no dijo nada y, esta vez, el hombre se dio cuenta de que se lo había preguntado en un momento inoportuno y que se arriesgaba a que ella, simplemente, le diera la espalda y no le dejara terminar su historia. Era mejor dejarse de ironías e ir directamente al grano.

—Si, finalmente, abandono el pueblo con mis once lingotes, se habrá demostrado que todo aquello en lo que creía era mentira. Moriré con la respuesta que no me gustaría obtener, porque la vida me resultaría más aceptable si estuviera en lo cierto y el mundo fuera malo.

»Aunque mi sufrimiento siga siendo el mismo, si todos sufren, el dolor es más llevadero. Si sólo algunos son condenados a enfrentarse a grandes tragedias, es que debe de haber un error muy grande en la Creación.

Chantal tenía los ojos llenos de lágrimas. A pesar de ello, encontró fuerzas suficientes para controlarse:

—¿Por qué lo haces? ¿Por qué en mi aldea?

—No se trata de ti ni de tu aldea, yo sólo pienso en mí: la historia de un hombre es la historia de todos los hombres. Quiero saber si somos buenos o malos. Si somos buenos, Dios es justo, y me perdonará por todo lo que hice, por el mal que deseé a los que intentaron destruirme, por las decisiones equivocadas que tomé en los momentos más importantes, por la proposición que acabo de hacerte, porque fue Él quien me empujó hacia el lado oscuro.

»Si somos malos, entonces todo está permitido, nunca tomé una decisión equivocada, estamos condenados de buen principio y poco importa lo que hagamos en esta vida, pues la redención está más allá de los pensamientos y de los actos del ser humano.

Antes de que Chantal pudiera irse, añadió:

—Puedes decidir no colaborar conmigo. En ese caso, yo mismo diré a todos que te di la oportunidad de ayudarlos y te negaste, y yo mismo les haré la proposición. Si deciden matar a alguien, es muy probable que tú seas la víctima.

Los habitantes de Viscos se familiarizaron en seguida con la rutina del extranjero: se levantaba temprano, tomaba un desayuno copioso y salía a caminar por las montañas, a pesar de la lluvia incesante que empezó a caer al segundo día de su estancia en el pueblo y que pronto se convirtió en una densa nevada que raramente amainaba. Jamás almorzaba; solía volver al hotel a primera hora de la tarde, se encerraba en su cuarto y todos suponían que dormía la siesta.

Cuando anochecía, volvía a sus paseos, esta vez por los alrededores del pueblo. Siempre era el primero en llegar al restaurante, sabía pedir los platos más refinados, no se dejaba engañar por el precio, siempre elegía el mejor vino, que no era necesariamente el más caro, fumaba un cigarrillo y después se acercaba al bar, en donde empezó a entablar amistad con los clientes habituales.

Le gustaba escuchar las historias de la comarca, de las generaciones que habían habitado Viscos (había quien afirmaba que en el pasado había sido una ciudad mucho más grande, como lo demostraban algunas ruinas de casas que había al final de las tres calles existentes en la actualidad), las costumbres y supersticiones que formaban parte de la vida de la gente del campo, de las nuevas técnicas de agricultura y pastoreo.

Cuando le llegaba el turno de hablar de sí mismo contaba algunas historias contradictorias; unas veces decía que había sido marinero, otras se refería a las grandes industrias de armamento que había dirigido o bien hablaba de la época en que lo había dejado todo para recluirse durante una temporada en un monasterio en busca de Dios.

La gente, en cuanto salía del bar, discutía sobre si decía la verdad o mentía. El alcalde pensaba que un hombre puede ser muchas cosas en la vida, aunque los habitantes de Viscos ya conocían su destino desde la infancia; el cura era de otra opinión, él creía que el recién llegado era un hombre perdido, confuso, que intentaba encontrarse a sí mismo.

La única cosa que sabían a ciencia cierta era que sólo se quedaría siete días; la dueña del hotel había contado que lo había oído telefonear al aeropuerto de la capital para confirmar un vuelo, curiosamente para África en lugar de Sudamérica. Después de esa llamada, sacó un fajo de billetes de su bolsillo para pagar todo el alquiler de la habitación y las comidas hechas y por hacer, a pesar de que ella le dijo que confiaba en él. Como el extranjero insistía, la mujer sugirió que utilizara la tarjeta de crédito, como suelen hacer la mayoría de los huéspedes; de esa forma, tendría dinero para cualquier emergencia que pudiera presentársele durante el resto de su viaje. Quiso añadir «quizás en África no acepten tarjetas de crédito», pero no hubiera sido muy delicado demostrar que había escuchado su conversación ni afirmar que hay continentes más avanzados que otros.

El extranjero le agradeció su preocupación pero, muy educadamente, se negó.

Durante las tres noches siguientes pagó —también con dinero contante y sonante— una ronda de bebida para todos. Era algo que nunca había sucedido en Viscos, de modo que muy pronto se olvidaron de las contradicciones de sus historias y pasaron a ver en él a un amigo generoso, sin prejuicios, dispuesto a tratar a los campesinos como si fueran iguales a los hombres y las mujeres de las grandes ciudades.

Durante aquellos días, sus discusiones habían cambiado: cuando cerraban el bar, algunos de los rezagados daban la razón al alcalde, diciendo que el recién llegado era un hombre experimentado, capaz de entender el valor de una buena amistad; otros creían que el cura estaba en lo cierto, ya que éste conocía mejor el alma humana, y que se trataba de un hombre solitario en busca de nuevos amigos o de una nueva visión de la vida. Fuera como fuese, era una persona agradable, y los habitantes de Viscos estaban convencidos de que lo echarían de menos cuando se marchara, el lunes siguiente.

Además, también era una persona discretísima, y todos lo habían notado por un detalle muy importante; los viajeros, sobre todo cuando llegaban solos, siempre intentaban entablar conversación con Chantal Prym, la camarera del bar, quizás con la esperanza de un romance efímero, o algo así. Pero ese hombre sólo se dirigía a ella para pedir bebidas y jamás había dedicado miradas seductoras ni libidinosas a la joven.

DURANTE LAS TRES NOCHES QUE siguieron al encuentro en el río, Chantal apenas si pudo dormir. La tormenta —que iba y venía— sacudía las persianas metálicas, produciendo un ruido pavoroso. Se despertaba a menudo, bañada en sudor, a pesar de que tenía la calefacción apagada durante la noche a causa del precio de la electricidad.

LA PRIMERA NOCHE se encontró con la presencia del Bien. Entre una pesadilla y otra —que no conseguía recordar— rezaba y pedía a Dios que la ayudase. En ningún momento se le pasó por la cabeza contar lo que había escuchado y convertirse en la mensajera del pecado y de la muerte.

En un momento dado, consideró que Dios estaba demasiado lejos para oírla y empezó a rezar a su abuela, muerta desde hacía algún tiempo, y que era quien la había criado, ya que su madre murió de parto. Se aferraba con todas sus fuerzas a la idea de que el Mal ya había pasado por allí una vez y que se había ido para siempre.

A pesar de todos sus problemas personales, Chantal sabía que vivía en un pueblo de hombres y mujeres honestos, cumplidores de sus deberes, personas que caminaban con la cabeza bien alta y eran respetadas en toda la comarca. Pero no siempre había sido así: durante más de dos siglos, Viscos había cobijado lo peor del género humano, y todos lo aceptaban con naturalidad, diciendo que era a causa de la maldición que habían lanzado los celtas cuando fueron derrotados por los romanos.

Hasta que el silencio y el coraje de un solo hombre —alguien que no creía en maldiciones sino en bendiciones— había redimido a su pueblo. Chantal oía el ruido que producían las persianas metálicas al golpear los muros, y recordaba la voz de su abuela cuando le contaba lo que había sucedido:

«Hace muchos años, un ermitaño —que más tarde fue conocido como san Sabino— vivía en una cueva de esta comarca. En aquella época, Viscos era un puesto de frontera, en donde vivían bandidos huidos de la justicia, contrabandistas, prostitutas, aventureros en busca de cómplices, asesinos que descansaban entre un crimen y otro... El peor de todos, un árabe llamado Ahab, controlaba el pueblo y sus alrededores, y extorsionaba a los agricultores, quienes, a pesar de todo, insistían en vivir de una manera digna.

»Un día, san Sabino salió de su cueva, se dirigió a la casa de Ahab y le pidió permiso para pasar la noche allí. Ahab se echó a reír:

»—¿Acaso no sabes que soy un asesino, que ya degollé a algunas personas en mi tierra, y que tu vida no tiene ningún valor para mí?

»—Lo sé —respondió Sabino—. Pero ya estoy harto de vivir en la cueva. Me gustaría pasar una noche aquí, al menos una.

»Ahab conocía la fama del santo, que era tan grande como la suya, y eso lo incomodaba, porque no le gustaba compartir su gloria con alguien tan frágil. De modo que decidió matarlo aquella misma noche, para demostrar a todos quién era el único y verdadero dueño del territorio.

»Conversaron durante un rato. Ahab quedó impresionado por las palabras del santo, pero era un hombre desconfiado, y ya no creía en el Bien. Indicó un lugar donde Sabino podía echarse a dormir, y empezó a afilar su daga, amenazadoramente. Sabino, después de observarlo durante unos instantes, cerró los ojos y se durmió.

»Ahab se pasó la noche entera afilando la daga. A la mañana siguiente, cuando Sabino se despertó, lo encontró a su lado, llorando desconsoladamente.

»—No has tenido miedo de mí, ni me has juzgado. Por primera vez, alguien ha pasado la noche a mi lado confiando en que yo podía ser un hombre bueno, capaz de ofrecer refugio a quien lo necesita. Porque tú has creído que podía obrar bien, he obrado bien.

»A partir de entonces, Ahab abandonó su vida delictiva, y empezó a transformar la comarca. Fue entonces cuando Viscos dejó de ser un puesto fronterizo, plagado de marginales, para convertirse en una ciudad próspera entre dos países.

»Sí, eso es».

Chantal se echó a llorar, agradeciéndole a su abuela que le hubiera recordado aquella historia. Su pueblo era bueno, podía confiar en él. Mientras intentaba dormirse de nuevo, llegó a coquetear con la idea de contarles la proposición del extranjero, sólo para ver su cara de espanto al ser expulsado por los habitantes de Viscos.

AL DÍA SIGUIENTE se sorprendió al verlo salir del fondo del restaurante, dirigirse al bar/recepción/tienda de productos típicos y entablar conversación con las personas que se encontraban allí, igual que cualquier turista, fingiendo interesarse por cosas absolutamente triviales, como la manera de esquilar las ovejas o el método empleado para ahumar la carne. Los habitantes de Viscos creían que el extranjero se sentía fascinado por la vida tan saludable y natural que llevaban, de modo que repetían, cada vez más extensamente, las mismas historias sobre lo bueno que es vivir lejos de la civilización moderna, a pesar de que a ellos, en lo más hondo de su corazón, les encantaría estar muy lejos de allí, entre coches que contaminan la atmósfera, en barrios donde no se puede caminar con seguridad, simplemente porque las grandes ciudades ejercen una fascinación absoluta sobre la gente del campo.

Pero siempre que aparecía un visitante, demostraban con sus palabras, sólo con sus palabras, la alegría de vivir en un paraíso perdido, intentando convencerse a sí mismos del milagro que representaba haber nacido allí, olvidando que, hasta ese momento, ninguno de los huéspedes del hotel había decidido dejarlo todo atrás para instalarse en Viscos.

La noche fue bastante animada, excepto cuando el extranjero hizo un comentario que no debería haber hecho.

—Vuestros niños están muy bien educados. Al contrario de otros sitios en donde he estado, nunca los he oído gritar por la mañana.

Después de un silencio desagradable —en Viscos no había niños—, alguien se acordó de preguntarle si le había gustado el plato típico que acababa de comer, y la conversación prosiguió a un ritmo normal, girando siempre en torno a las maravillas del campo y a los defectos de la gran ciudad.

A medida que pasaba el tiempo, Chantal se iba poniendo más nerviosa, temiendo que le pidiera que contase su encuentro en el bosque. Pero el extranjero ni siquiera la miraba, y sólo le dirigió la palabra una vez, cuando le pidió —y pagó en billetes— una ronda de bebidas para todos los presentes.

Así que los clientes se marcharon y el extranjero subió a su habitación, ella se quitó el delantal, encendió un cigarrillo de un paquete que alguien había olvidado en una mesa, y dijo a la dueña del hotel que limpiaría a la mañana siguiente, porque estaba exhausta, ya que no había dormido bien la noche anterior. La dueña estuvo de acuerdo, Chantal cogió su abrigo y salió al frío aire nocturno.

Tenía apenas dos minutos de camino hasta su casa y, mientras dejaba que la lluvia cayera en su rostro, pensaba que tal vez se trataba de una tontería, de una idea macabra que había tenido el extranjero para llamar su atención.

Pero entonces recordó el oro: lo había visto con sus propios ojos.

Tal vez no fuera oro. Pero estaba demasiado cansada para pensar, y —tan pronto llegó a su cuarto— se quitó la ropa y se metió debajo de las mantas.

EN LA SEGUNDA noche, Chantal se encontró con la presencia del Bien y del Mal. Cayó en un sueño profundo, pero se despertó en menos de una hora. Fuera, todo estaba en silencio; el viento no golpeaba las persianas metálicas y no se oían gritos de animales nocturnos; no había nada, absolutamente nada, que indicase que aún seguía en el mundo de los vivos.

Fue hasta la ventana y contempló la calle desierta, la lluvia fina que caía, la neblina iluminada por la tenue luz del rótulo del hotel, lo cual daba al pueblo un aspecto aún más siniestro. Ella conocía bien ese silencio de pueblo del interior, que no significa en absoluto paz y tranquilidad, sino la ausencia total de novedades que comentar.

Miró en dirección a las montañas; no podía verlas, porque las nubes estaban muy bajas, pero sabía que en algún lugar había un lingote de oro escondido. Mejor dicho: había una cosa amarilla, en forma de ladrillo, que un extranjero había dejado allí. El hombre le había enseñado su localización exacta, casi como si le pidiera que desenterrase el metal y se quedara con él.

Se metió en la cama, se revolvió a un lado y a otro, se levantó de nuevo y fue al baño. Examinó su cuerpo desnudo, temió que pronto dejara de resultar atractivo, y volvió a la cama. Se arrepintió de no haberse quedado con el paquete de cigarrillos olvidado en una mesa, pero sabía que su dueño volvería a buscarlo, y no deseaba que desconfiaran de ella. Viscos era así: un paquete medio vacío tenía un dueño, si encontraban un botón de algún abrigo, era necesario guardarlo hasta que alguien volviera para reclamarlo, debían devolver el cambio exacto, no les estaba permitido redondear la cuenta. ¡Maldito pueblo, donde todo era previsible, organizado, digno de confianza!

Como vio que no conseguiría dormir, volvió a rezar y a pensar en su abuela, pero su pensamiento se había detenido en una escena: el agujero abierto, el metal sucio de tierra, la rama que sujetaba su mano, como el bastón de una peregrina a punto de marcha. Se adormeció y despertó varias veces, pero fuera todo continuaba en silencio y la misma escena se repetía sin cesar dentro de su cabeza.

Tan pronto como percibió que la primera claridad de la mañana entraba por la ventana, se vistió y salió.

A PESAR DE que vivía en un pueblo donde la gente se levantaba al salir el sol, aún era demasiado temprano. Caminó por la calle vacía, mirando atrás varias veces, para asegurarse de que el extranjero no la estaba siguiendo, pero la niebla no le dejaba ver más allá de algunos pocos metros. Se detenía de vez en cuando, intentando escuchar pasos, pero sólo oía los latidos descompasados de su corazón.

Se internó en el bosque, fue hasta la formación rocosa en forma de Y —algo que siempre la ponía nerviosa, ya que parecía que las rocas podían desprenderse en cualquier momento—, cogió la misma rama que había dejado allí la noche anterior, cavó exactamente en el mismo lugar que le había indicado el extranjero, introdujo la mano en el agujero y retiró el lingote en forma de ladrillo. Algo le llamó la atención: el silencio se mantenía en pleno bosque, como si allí hubiera alguna presencia extraña que asustaba a los animales e impedía el movimiento de las hojas.

Le sorprendió el peso del metal que tenía en las manos. Lo limpió y notó unas marcas impresas, se fijó en los dos sellos y en una serie de números grabados, intentó descifrarlos pero no pudo.

¿Cuánto dinero representaba aquello? No sabía la cantidad exacta, pero —tal como había dicho el extranjero— debía de ser lo suficiente para no tener que preocuparse nunca más por ganar ni un solo céntimo durante el resto de su vida. Tenía su sueño en las manos, lo que siempre había soñado y que un milagro había puesto a su alcance. Allí delante tenía la oportunidad de liberarse de todos los días y noches iguales de Viscos, de las eternas idas y venidas al hotel donde trabajaba desde la mayoría de edad, de las visitas anuales de todos los amigos y amigas que se habían marchado porque sus familias los enviaron a estudiar lejos para que llegaran a ser algo en la vida, de todas las ausencias a que ya se había acostumbrado, de los hombres que llegaban con un sinfín de promesas y se iban al día siguiente sin decirle adiós, de todas las despedidas y no-despedidas a las cuales ya se había habituado. Aquel momento, en aquel bosque, era el más importante de toda su existencia.

La vida había sido muy injusta con ella; hija de padre desconocido, su madre murió al dar a luz y la dejó con un pesado fardo de culpa a sus espaldas; abuela campesina, que se ganaba el sustento cosiendo, ahorrando cada céntimo para que su nieta pudiese, al menos, aprender a leer y escribir. Chantal había tenido muchos sueños: creyó que podría superar todos los obstáculos, encontrar marido y empleo en una gran ciudad, ser descubierta por algún cazatalentos que iría hasta aquel lugar tan apartado para descansar un poco, hacer carrera en el teatro, escribir un libro que sería un gran éxito, oír los gritos de los fotógrafos implorándole una pose, pisar las alfombras rojas de la vida.

Cada día era un día de espera. Cada noche era una noche en que podía aparecer alguien que la valorase tal como se merecía. Cada hombre que pasaba por su cama era la esperanza de marcharse al día siguiente y no volver a contemplar aquellas tres calles, las casas de piedra, los tejados de pizarra, la iglesia con el cementerio al lado, el hotel con sus productos típicos que requerían meses de elaboración para después venderlos al mismo precio que los productos fabricados en serie.

Una vez le pasó por la cabeza que los celtas, los antiguos habitantes de la comarca, habían escondido un formidable tesoro y que ella lo encontraría. Pues bien, de todos sus sueños, ése era el más absurdo, el más improbable.

Pero allí estaba, con el lingote de oro en las manos, el tesoro en el que jamás había creído, la liberación definitiva.

El pánico la sobrecogió: el único golpe de suerte de su vida podía desaparecer aquella misma tarde. ¿Y si el extranjero cambiaba de idea? ¿Y si se iba a otro pueblo, donde tal vez encontraría a otra mujer mejor dispuesta a ayudarlo en su plan? ¿Por qué no se levantaba, volvía a su habitación, metía sus pocas pertenencias en la maleta y, simplemente, se largaba?

Se imaginó a sí misma bajando por la pronunciada cuesta, haciendo autostop en la carretera de abajo mientras el extranjero salía a dar su paseo matinal y descubría que habían robado su oro. Ella seguiría en dirección a la ciudad más próxima y él volvería al hotel para llamar a la policía.

Chantal daría las gracias por el pasaje e iría directamente a la taquilla de la estación de autobuses, donde compraría un billete para algún lugar lejano; en ese momento, dos policías se aproximarían a ella y le pedirían gentilmente que abriera su maleta. Tan pronto como vieran su contenido, la gentileza desaparecería por completo; ella era la mujer que andaban buscando, a causa de una denuncia efectuada tres horas antes.

En la comisaría, Chantal tendría dos alternativas: o bien decir la verdad —que nadie creería— o afirmar que había visto la tierra revuelta, había hurgado un poco y había encontrado el oro. Cierta vez, un cazador de tesoros —que también buscaba algo escondido por los celtas— había pasado la noche en su cama. Le había contado que las leyes de su país eran claras: tenía derecho a todo lo que encontrase, pero estaba obligado a registrar, en el departamento pertinente, determinadas piezas de valor histórico. Pero aquel lingote de oro no tenía ningún valor histórico, era un objeto moderno, con marcas, sellos y números impresos.

La policía interrogaría al hombre. Él no podría demostrar que ella había entrado en su habitación para robar sus pertenencias. Sería su palabra contra la de Chantal, pero tal vez era más poderoso de lo que ella se imaginaba, tal vez tenía contactos con gente importante y saldría bien parado del asunto. Chantal, en cambio, pediría que la policía realizara un examen al lingote y comprobarían que ella les había dicho la verdad: había restos de tierra en el metal.

Mientras, la historia ya habría llegado a Viscos, y sus habitantes —por celos o por envidia— empezarían a levantar sospechas respecto a la chica, diciendo que en más de una ocasión había circulado el rumor de que se acostaba con huéspedes; tal vez se lo había robado mientras el hombre dormía.

El asunto terminaría de un modo patético: la justicia confiscaría el lingote de oro hasta que se resolviera el caso, ella volvería a hacer autostop y regresaría a Viscos, humillada, destrozada, víctima de unos comentarios que no se olvidarían en una generación. Más tarde, descubriría que los procesos legales nunca conducen a ninguna parte, que los abogados cuestan un dinero que ella no poseía, y terminaría desistiendo del proceso.

Resultado de la historia: ni oro, ni reputación.

Había otra versión posible: que el extranjero estuviera diciendo la verdad. Si Chantal robaba el oro y desaparecía para siempre, ¿acaso no estaría salvando al pueblo de una desgracia mucho peor?

Pero incluso antes de salir de su casa y dirigirse a la montaña, ya sabía que era incapaz de dar aquel paso. ¿Por qué, precisamente en este momento, cuando su vida podía cambiar por completo, tenía tanto miedo? Al fin y al cabo, ¿no dormía con quien le apetecía? ¿No se insinuaba más de la cuenta, para que los forasteros le dejaran una buena propina? ¿No mentía de vez en cuando? ¿No sentía envidia de los amigos que sólo iban al pueblo durante las fiestas de fin de año para visitar a la familia?

Agarró el lingote con todas sus fuerzas, pero al levantarse se sintió débil y desesperada; volvió a colocarlo en el agujero y lo cubrió de tierra. Era incapaz de hacerlo, y no se debía al hecho de ser o no ser honesta, sino al pavor que sentía. Acababa de darse cuenta de que existen dos cosas que impiden que una persona realice sus sueños: creer que son imposibles o que, gracias a un repentino vuelco de la rueda del destino, veas que se transforman en algo posible cuando menos te lo esperas. En ese momento surge el miedo a un camino que no sabes adónde irá a parar, a una vida con desafíos desconocidos, a la posibilidad de que las cosas a que estamos acostumbrados desaparezcan para siempre.

Las personas quieren cambiarlo todo y, al mismo tiempo, desean que todo siga igual. Chantal no entendía el porqué, pero era lo que le estaba sucediendo. Quizás ya estaba demasiado ligada a Viscos, acostumbrada a su derrota, y cualquier oportunidad de triunfar le resultaba un fardo demasiado pesado.

Tuvo la certeza de que el extranjero ya estaba harto de su silencio y de que, en breve, tal vez esa misma tarde, elegiría a otra persona. Pero era demasiado cobarde para modificar su destino.

Las manos que habían tocado el oro deberían sujetar la escoba, la esponja, el trapo. Chantal dio la espalda al tesoro y se dirigió al pueblo, donde ya la esperaba la dueña del hotel, con aspecto de estar ligeramente enfadada, puesto que le había prometido hacer la limpieza antes de que se levantara el único huésped del hotel.

LOS TEMORES DE Chantal no se confirmaron: el extranjero no se marchó. Esa misma noche lo vio en el bar, más simpático que nunca, contando historias que tal vez no eran totalmente ciertas pero, al menos en su imaginación, aquel hombre las vivía intensamente. De nuevo, sus miradas sólo se cruzaron de manera impersonal, cuando le pagó la ronda que había ofrecido a los habituales.

Chantal estaba exhausta. Deseaba que todos se marcharan temprano, pero el extranjero estaba particularmente inspirado, y no terminaba de contar anécdotas que los demás escuchaban con atención, interés, y aquel odioso respeto —mejor dicho: sumisión— que los campesinos sienten delante de todos los que llegan de las grandes ciudades, puesto que los consideran más cultos, inteligentes, preparados, modernos...

«¡Estúpidos! —pensaba—. No son conscientes de su importancia. No se dan cuenta de que cada vez que alguien se mete un tenedor en la boca, en cualquier lugar del mundo, sólo puede hacerlo gracias a gente como los habitantes de Viscos, que trabajan día y noche, que labran la tierra con el sudor de sus cuerpos cansados, y que cuidan del ganado con inagotable paciencia. El mundo los necesita mucho más que a todos los que viven en las grandes ciudades, pero, a pesar de ello, se comportan, y se sienten, como seres inferiores, acomplejados, inútiles».

Pero el extranjero estaba muy dispuesto a demostrar que su cultura valía más que el esfuerzo de todos y cada uno de los hombres y mujeres del bar. Indicó un cuadro que había en la pared.

—¿Sabéis qué es eso? —dijo—. Una de las pinturas más famosas del mundo: la última cena de Jesús con sus discípulos, de Leonardo da Vinci.

—No puede ser tan famosa —dijo la dueña del hotel—. Era muy barata.

—Porque se trata de una reproducción; la auténtica está en una iglesia, muy lejos de aquí. Existe una leyenda en torno a este cuadro, pero no sé si os interesaría conocerla.

Todos asintieron y, de nuevo, Chantal sintió vergüenza por estar allí, escuchando a un hombre que hacía ostentación de unos conocimientos inútiles, para demostrar que sabía más que los otros.

—Al concebir este cuadro, Leonardo da Vinci tropezó con una gran dificultad: tenía que pintar el Bien, el retrato de Jesucristo, y el Mal, en la figura de Judas, el amigo que lo traicionó durante la cena. Tuvo que dejar el trabajo a medias porque no encontraba los modelos ideales.

»Un día, mientras escuchaba a una coral, vio que uno de los chicos era la imagen perfecta de Jesucristo. Lo invitó a su taller y reprodujo sus facciones en estudios y esbozos.

»Pasaron tres años. La última cena estaba casi terminada, pero Da Vinci aún no había encontrado el modelo ideal para Judas. El cardenal responsable de la iglesia lo presionaba para que terminase el mural de una vez por todas.

»Después de muchos días de busca, el pintor se encontró con un joven prematuramente envejecido, desharrapado, borracho, tumbado junto a una cloaca. Pidió a la gente que había a su alrededor que lo ayudaran y, con muchas dificultades, lo llevaron directamente a la iglesia, porque ya no tenía tiempo para hacer esbozos.

»El mendigo no entendía lo que estaba sucediendo: las personas que lo habían arrastrado hasta allí lo mantenían en pie mientras Da Vinci copiaba las líneas de impiedad, de pecado, de egoísmo tan bien marcadas en aquel rostro.

»Cuando terminó, el mendigo, algo rehecho de la resaca,

abrió los ojos y vio la pintura que tenía delante. Y dijo, con una mezcla de espanto y tristeza:

»—¡Yo ya había visto este cuadro antes!

»—¿Cuando? —preguntó Da Vinci, sorprendido.

»—Hace tres años, antes de perderlo todo. En una época en que yo cantaba en una coral y tenía una vida llena de sueños, fue entonces cuando el pintor me invitó a posar como modelo para el rostro de Jesucristo.

El extranjero hizo una larga pausa. Sus ojos miraban fijamente al cura, que bebía su cerveza, pero Chantal sabía que esas palabras iban dirigidas a ella.

—O sea, que el Bien y el Mal tienen el mismo rostro; todo depende de la época en que se cruzan en el camino de cada ser humano —concluyó.

Entonces se levantó y se excusó diciendo que estaba muy cansado, y subió a su habitación. Todos pagaron lo que debían y fueron saliendo lentamente, contemplando la reproducción barata del cuadro famoso, preguntándose a sí mismos en qué período de su vida habían sido tocados por un ángel o por un demonio. Sin que nadie comentase nada con los demás, todos llegaron a la conclusión de que eso sólo había tenido lugar en Viscos antes de que Ahab pacificara la comarca; ahora, cada día era igual al anterior, y nada más.

EXHAUSTA, TRABAJANDO COMO UN AUTÓMATA, Chantal sabía que era la única que pensaba de una manera diferente, porque ella había sentido cómo la seductora y pesada mano del Mal le acariciaba el rostro. «El Bien y el Mal tienen el mismo rostro, todo depende de la época en que se cruzan en el camino de cada ser humano». Bonitas palabras, tal vez ciertas, pero lo que ella necesitaba era dormir, nada más.

Se equivocó al dar un cambio a un cliente, algo que le sucedía en contadas ocasiones; pidió disculpas, pero no se culpó a sí misma. Aguantó impasible y digna hasta que el cura y el alcalde —normalmente los últimos en salir— abandonaron el local. Cerró la caja, cogió sus cosas, se puso su abrigo, grueso y barato, y se fue a casa, tal como venía haciendo desde hacía tantos años.

EN LA TERCERA noche se encontró con la presencia del Mal. Y el Mal apareció bajo la apariencia de un gran cansancio y una fiebre altísima, que la dejó en un estado de semiinconsciencia pero incapaz de dormir; además, fuera había un lobo que aullaba sin cesar. Por unos instantes, tuvo la certeza de que estaba delirando, porque le pareció que el animal había entrado en su cuarto y le hablaba en una lengua extraña que ella no entendía. En un breve instante de lucidez, intentó levantarse e ir a la iglesia, pedir al cura que llamase a un médico porque estaba enferma, muy enferma; pero cuando intentó transformar en acción su gesto, las piernas le flaquearon, y tuvo la certeza de que no podría caminar.

Y si caminaba, no conseguiría llegar hasta la iglesia.

Y si llegaba hasta la iglesia, tendría que esperar a que el cura se despertase, se vistiera y abriera la puerta; mientras, el frío le subiría rápidamente la fiebre hasta matarla allí mismo, sin piedad, delante de un lugar que algunas personas consideran sagrado.

«Por lo menos, no hará falta que me lleven al cementerio, prácticamente ya estaré dentro».

Chantal deliró toda la noche, pero a medida que la luz de la mañana entraba en su cuarto, notó que la fiebre bajaba. Cuando recuperó sus fuerzas e intentó dormir, oyó una bocina familiar y comprendió que el repartidor del pan ya había llegado a Viscos y ya era hora de preparar el desayuno.

Nadie la obligaba a bajar a por el pan; era independiente, podía quedarse en cama tanto tiempo como le apeteciese, su trabajo no empezaba hasta el anochecer. Pero algo había cambiado en ella; necesitaba estar en contacto con el mundo, antes de volverse completamente loca. Quería encontrarse con las personas que en ese momento se aglomeraban alrededor de la pequeña furgoneta verde, cambiando sus monedas por comida, contentas porque empezaba un nuevo día y tenían sus quehaceres y algo que comer.

Se acercó a ellos y oyó algunos comentarios del estilo «pareces cansada» o «¿te pasa algo?». Todos sus vecinos eran amables, solidarios, siempre dispuestos a echar una mano, inocentes y simples en su generosidad, pero su alma se debatía en una lucha sin cuartel por sueños, aventuras, miedo y poder. Le hubiera gustado compartir su secreto, pero si lo contaba a una sola persona, todo el pueblo estaría enterado antes de que terminase la mañana; más valía agradecerles el interés que sentían por su salud y seguir adelante, hasta que sus ideas se aclarasen un poco.

—No es nada. Un lobo estuvo aullando toda la noche y no me dejó dormir.

—Yo no oí a ningún lobo —dijo la dueña del hotel, que también estaba allí, comprando el pan.

—Hace meses que no se oye el aullido de un lobo en esta comarca —comentó la mujer que preparaba los productos que se vendían en la pequeña tienda del hotel—. Los cazadores deben de haberlos exterminado a todos y eso representa un desastre para nosotros, porque los escasos lobos que quedan son los que atraen a los cazadores. Ellos adoran esta competición inútil: ver quién consigue matar al animal más difícil.

—No digas delante del repartidor del pan que ya no quedan lobos en la comarca —replicó en voz baja la jefa de Chantal—. En cuanto lo descubran, puede que la vida en Viscos cese definitivamente.

—Pero yo oí un lobo...

—Debía de ser el lobo maldito —comentó la mujer del alcalde, a quien no caía nada bien Chantal, pero era lo suficientemente educada para disimular sus sentimientos.

La dueña del hotel se irritó:

—¡El lobo maldito no existe! Era un lobo vulgar y corriente, y ya deben de haberlo matado.

La mujer del alcalde no se dio por vencida.

—Tanto si existe como si no, todos sabemos que ayer noche no aulló ningún lobo. Haces trabajar demasiado a esta chica y está tan exhausta que incluso tiene alucinaciones.

Chantal las dejó en plena discusión, cogió su pan y se fue.

«Una competición inútil», pensaba, recordando el comentario de la mujer que preparaba las conservas. Ellos consideraban que la vida era eso: una competición inútil. Estuvo a punto de revelar allí mismo la proposición del extranjero, para ver si aquella gente tan cómoda y pobre de espíritu se comprometía en una competición verdaderamente útil: diez lingotes de oro a cambio de un simple crimen que aseguraría el futuro de hijos y nietos, el retorno de la gloria perdida de Viscos, con o sin lobos.

Pero se contuvo. En aquel momento decidió que contaría la historia aquella noche, pero delante de todos, en el bar, de manera que nadie pudiese decir que no se había enterado o no lo había entendido bien. Tal vez se abalanzarían sobre el extranjero y lo llevarían inmediatamente a la comisaría de policía, dejándola libre para quedarse con su oro como recompensa por el servicio prestado a la comunidad. Tal vez no se lo creerían y el extranjero se marcharía creyendo que todos eran buenos, lo cual no era cierto.

Todos son ignorantes, ingenuos, resignados. No creen en las cosas que no forman parte de aquello a lo que están acostumbrados a creer. Todos temen a Dios. Todos —incluso ella— son cobardes a la hora en que podrían cambiar su destino. Pero la bondad, la auténtica bondad, ésa no existe, ni en la tierra de los cobardes, ni en el cielo de Dios Todopoderoso, quien siembra sufrimientos a diestro y siniestro, para que nos pasemos toda la vida pidiéndole que nos libre de todo mal.

La temperatura había bajado, Chantal llevaba tres noches sin dormir, pero, mientras preparaba su desayuno, se sentía mejor que nunca. No era la única cobarde. Pero tal vez era la única que era consciente de su cobardía, porque los demás consideraban que la vida era «una competición inútil» y confundían su miedo con generosidad.

Se acordó del caso de un hombre de Viscos, que trabajaba en una farmacia de una ciudad vecina y fue despedido al cabo de veinte años. No pidió ninguna indemnización porque —decía— era amigo de los dueños y no deseaba perjudicarlos, sabía que lo habían echado por dificultades económicas. ¡Mentira! No los llevó a juicio porque era un cobarde y quería que lo quisieran a toda costa; pensó que los dueños lo considerarían siempre una persona generosa y un buen compañero. Al cabo de un cierto tiempo, cuando les pidió un préstamo, le dieron con la puerta en las narices, pero entonces ya era demasiado tarde: había firmado un documento solicitando la baja voluntaria y no les podía exigir nada.

¡Bien hecho! El papel de alma caritativa corresponde a los que tienen miedo de tomar decisiones en la vida. Siempre es mucho más fácil creer en la propia bondad que enfrentarte a los demás y luchar por tus derechos. Siempre es más fácil escuchar una ofensa y no reaccionar que tener el coraje de enzarzarte en un combate con alguien más fuerte; siempre podemos decir que no nos ha alcanzado la piedra que nos han lanzado y de noche —cuando estemos solos y nuestra mujer o nuestro marido o el compañero de escuela duerman—, sólo de noche, podremos llorar en silencio por nuestra cobardía.

Chantal tomó su café y deseó que el día pasara rápidamente. Pensaba destruir aquel pueblo, acabaría con Viscos aquella misma noche. De todas formas, el pueblo estaba condenado en menos de una generación porque no había niños: los jóvenes se reproducían en otras ciudades del país, en medio de fiestas, ropa bonita, viajes y de la «competición inútil».

PERO EL DÍA no pasó con rapidez. Todo lo contrario; el cielo gris, plagado de nubes bajas provocaba que las horas se arrastrasen lentamente. La niebla no permitía ver las montañas y la aldea parecía aislada del mundo, perdida en sí misma, como si fuera el único lugar habitado de la Tierra. Desde la ventana, Chantal vio cómo el extranjero salía del hotel y se encaminaba en dirección a las montañas, como siempre. Temió por su oro, pero calmó a su corazón en seguida: a buen seguro que volvería, porque había pagado una semana de hotel y la gente rica no desperdicia un céntimo; eso sólo lo hacen los pobres.

Intentó leer, pero no conseguía concentrarse. Decidió dar un paseo por Viscos, pero sólo vio a una persona: Berta, la viuda, que se pasaba todo el santo día sentada delante de su casa, vigilando todo lo que sucedía.

—Parece que por fin bajará la temperatura —dijo Berta.

Chantal se preguntó por qué las personas que no saben de qué hablar creen que el tiempo es un tema importante. Asintió con la cabeza.

Siguió su camino, porque ya había conversado de todo lo que se podía conversar con Berta en los muchos años que llevaba viviendo en aquel pueblo. Hubo una época en que la encontraba una mujer interesante, valiente, que había sido capaz de seguir adelante después de que su marido murió en uno de los frecuentes accidentes de caza. Había vendido algunos de los pocos bienes que poseía, invirtió ese dinero —junto con el de la indemnización— en una inversión segura y ahora vivía de rentas.

Pero con el paso del tiempo, la viuda dejó de interesarle, y se convirtió en la imagen de todo lo que temía que le sucediese a ella: terminar su vida sentada en una silla delante de su casa, cubierta de abrigos durante el invierno, contemplando el único paisaje que había visto en toda su vida, vigilando algo que no era necesario vigilar porque allí no había nada serio, importante ni valioso.

Caminó en medio de la niebla del bosque sin miedo a perderse porque se sabía de memoria todos sus senderos, árboles y rocas. Se imaginó las emociones de la noche, ensayó distintas maneras de contar la proposición del extranjero; en algunas, repetía literalmente lo que había oído y visto, en otras contaba una historia que podía ser cierta o no, imitando el estilo del hombre que llevaba tres días sin dejarla dormir.

«Es un hombre muy peligroso, el peor de todos los cazadores que he conocido».

Mientras caminaba por el bosque, Chantal empezó a darse cuenta de que había otra persona tan peligrosa como el extranjero: ella misma. Cuatro días antes, no era consciente de que se estaba acostumbrando a ser lo que era, a lo que podía esperar de la vida, al hecho de que la vida en Viscos no era tan mala; al fin y al cabo, los turistas que invadían la comarca todos los veranos afirmaban que era un paraíso.

Pero los monstruos habían salido de la tumba, se le aparecían por la noche, y la hacían sentir desgraciada, incomprendida, abandonada por Dios y por su destino. Peor que eso: la obligaban a ver la amargura que arrastraba consigo día y noche, en el bosque y en el trabajo, en sus escasos encuentros, en los muchos momentos de soledad.

«¡Maldito sea ese hombre! ¡Y maldita sea yo, porque lo forcé a cruzarse en mi camino!».

Mientras volvía al pueblo, se arrepentía de cada minuto de su vida, y blasfemaba contra su madre por haber muerto prematuramente, contra su abuela, por haberle enseñado que debía intentar ser buena y honesta, contra los amigos que la habían abandonado, contra su destino que no cesaba de perseguirla.

BERTA SEGUÍA EN el mismo sitio.

—Vas muy de prisa —le dijo—. Siéntate a mi lado y descansa.

Chantal hizo lo que le había sugerido la anciana. Hubiera hecho cualquier cosa con tal de que el tiempo pasara más rápidamente.

—Parece que la aldea está cambiando —dijo Berta—. Hay algo distinto en el ambiente; anoche oí aullar al lobo maldito.

La chica se sintió aliviada. Maldito o no, un lobo había aullado la noche anterior y al menos otra persona —además de ella— lo había oído.

—Este pueblo no cambia nunca —le respondió—. Sólo con las estaciones, que vienen y se van, y ahora le toca el turno al invierno.

—No. Es por la llegada del extranjero.

Chantal se contuvo. ¿Y si el hombre había hablado con alguien más?

—¿Qué tiene que ver la llegada del extranjero con Viscos?

—Me paso el santo día contemplando la naturaleza. Algunas personas creen que es una pérdida de tiempo, pero esto fue lo único que me ayudó a aceptar la pérdida de aquel a quien yo amaba tanto. Veo que las estaciones pasan, los árboles pierden sus hojas y después las recuperan. Pero, de vez en cuando, un elemento inesperado de la naturaleza provoca cambios definitivos. Me contaron que las montañas que tenemos a nuestro alrededor son el resultado de un terremoto que tuvo lugar hace milenios.

La chica asintió con la cabeza; lo había aprendido en la escuela.

—Y entonces, nada vuelve a ser igual. Me da miedo que eso pueda suceder ahora.

Chantal sintió deseos de contarle la historia del oro, porque pensaba que la vieja podía saber algo; pero continuó en silencio.

—No dejo de pensar en Ahab, nuestro gran reformador, nuestro héroe, el hombre a quien bendijo san Sabino.

—¿Por qué en Ahab?

—Porque él era capaz de entender que un pequeño detalle, por bien intencionado que sea, puede destruirlo todo. Cuentan que después de pacificar el pueblo, de expulsar a los delincuentes más recalcitrantes, y de modernizar la agricultura y el comercio de Viscos, cierta noche reunió a sus amigos para ofrecerles una cena, y guisó un suculento pedazo de carne. De repente, se dio cuenta de que se le había terminado la sal.

»Entonces, Ahab llamó a su hijo.

»—Ve al pueblo y compra sal. Pero paga por ella un precio justo: ni más cara ni más barata.

»Su hijo se sorprendió mucho.

»—Comprendo que no deba pagarla más cara, papá. Pero, si puedo regatear un poco, ¿por qué no ahorrar algún dinero?

»—En una ciudad grande, eso es muy aconsejable. Pero podría significar la muerte de una aldea como la nuestra.

»El chico se fue sin hacer más preguntas. Pero los invitados, que habían oído su conversación, quisieron saber por qué no era conveniente comprar la sal más barata. Ahab respondió:

»—Quien vende la sal muy barata, lo hace porque necesita desesperadamente el dinero. Quien se aprovecha de esa situación muestra su falta de respeto por el sudor y el esfuerzo de quien trabajó para producir algo.

»—Pero eso es muy poco, no basta para destruir a una aldea.

»—Al principio del mundo, también había poca injusticia. Pero todos los que fueron llegando añadieron algo, pensando que no tenía mucha importancia y ya veis hasta dónde hemos llegado, hoy en día.

—Como el extranjero, por ejemplo —dijo Chantal, con la esperanza de ver si Berta confirmaba que también había hablado con él. Pero la anciana permaneció en silencio.

—No sé por qué Ahab deseaba tanto salvar Viscos —insistió—. Antes era un antro de delincuencia, ahora es una aldea de cobardes.

A buen seguro que la vieja sabía algo. Sólo le faltaba averiguar si se lo había contado el extranjero en persona.

—Quizás. Pero no sé a ciencia cierta qué es la cobardía. Creo que todo el mundo teme los cambios. Quieren que Viscos sea como siempre: un lugar donde se puede cultivar la tierra y criar el ganado, que acoge bien a cazadores y turistas, pero en donde cada persona sabe exactamente lo que sucederá al día siguiente, y las únicas cosas imprevisibles son las tormentas de la naturaleza. Tal vez ésta sea una manera de encontrar la paz, pero estoy de acuerdo contigo en un punto: la gente cree que lo tiene todo bajo control, pero no controla nada.

—Nada de nada —dijo Chantal, dándole la razón.

—«Nadie puede añadir ni un punto ni una coma a lo que

ya está escrito» —dijo la anciana, citando un texto evangélico católico—. Pero nos gusta vivir con esa ilusión porque nos da seguridad.

»En fin, se trata de una elección como cualquier otra, aunque sea una estupidez intentar controlar el mundo, creyendo en una seguridad completamente falsa, que termina por dejarnos indefensos delante de la vida; cuando menos te lo esperas, un terremoto crea una montaña, un rayo mata un árbol que se preparaba para renacer en verano, un accidente de caza acaba con la vida de un hombre honesto.

Berta le contó, por enésima vez, cómo había muerto su marido. Era uno de los guías más respetados de la comarca, un hombre que en la caza no veía un deporte salvaje sino una manera de respetar la tradición local. Gracias a él, Viscos creó una reserva de animales, el ayuntamiento promulgó leyes que protegían algunas especies en peligro de extinción, cobraban un impuesto por cada pieza cobrada, y el dinero revertía en beneficio de la comunidad.

El marido de Berta intentaba ver en aquel deporte —salvaje para unos, tradicional para otros— una manera de enseñar a los cazadores algo sobre el arte de vivir. Cuando llegaba alguien con mucho dinero y poca experiencia, lo llevaba a un descampado. Allí, encima de una piedra, colocaba una lata de cerveza.

Se alejaba cincuenta metros de la lata y, de un solo tiro, la hacía volar por los aires.

—Soy el mejor tirador de la comarca —decía—. Ahora, usted aprenderá a ser tan bueno como yo.

Volvía a colocar la lata en el mismo sitio, se alejaba a la misma distancia de antes, sacaba un pañuelo del bolsillo y pedía que le vendasen los ojos. Luego, apuntaba en dirección al blanco y disparaba nuevamente.

—¿Acerté? —preguntaba mientras se quitaba la venda de los ojos.

—¡Claro que no! —respondía el cazador recién llegado, contento porque el orgulloso guía había sufrido una humillación—. La bala pasó muy lejos. Dudo que usted pueda enseñarme nada.

—Le acabo de enseñar la lección más importante de su vida —replicaba el marido de Berta—. Cuando quiera algo, mantenga los ojos bien abiertos, concéntrese y tenga muy claro lo que desea. Nadie acierta a su objetivo con los ojos cerrados.

Una vez, mientras volvía a colocar la lata en su sitio después del primer tiro, el otro cazador pensó que era su turno de probar puntería. Disparó antes de que el marido de Berta volviera a su lado; erró el tiro y lo hirió en la nuca. No tuvo tiempo de aprender la excelente lección sobre concentración y objetividad.

—DEBO IRME —DIJO Chantal—. Tengo que hacer algunas cosas antes de ir a trabajar.

Berta le deseó una buena tarde, y la acompañó con los ojos hasta que desapareció por la callejuela que había junto a la iglesia. Tantos años sentada delante de su casa, contemplando las montañas, las nubes y conversando mentalmente con su difunto marido, le habían enseñado a «ver» a las personas. Su vocabulario era limitado, no encontraba otra palabra para describir las muchas sensaciones que le producían los demás, pero esto era lo que sucedía: «veía» a los demás, conocía sus sentimientos.

Todo empezó durante el entierro de su grande y único amor; estaba llorando cuando se le acercó un niño —el hijo de un vecino de Viscos, que actualmente era un hombre hecho y derecho, y vivía a miles de kilómetros de allí— y le preguntó por qué estaba triste.

Berta no quiso asustar al niño hablándole de muertes ni despedidas definitivas; sólo le dijo que su marido se había marchado, y que tal vez tardaría mucho en volver a Viscos.

«Creo que se equivoca —respondió el niño—. Acabo de verlo detrás de una tumba, sonriente, con una cuchara de sopa en la mano».

La madre del niño, que había oído el comentario, lo riñó severamente: «Los niños siempre están viendo "cosas"», le dijo, disculpándose. Pero Berta dejó de llorar inmediatamente y miró en dirección al lugar indicado; su marido tenía la manía de tomar la sopa con una cuchara determinada, a pesar de que ello la irritaba profundamente —puesto que todas las cucharas son iguales y cabe la misma cantidad de sopa—, pero él se empeñaba en usar sólo una. Berta jamás contó esa historia a nadie, porque temía que la tomaran por loca.

El niño había visto realmente a su marido; la cuchara era la señal. Los niños «ven» cosas. Y Berta decidió que ella también aprendería a «ver» porque quería hablar con su marido, tenerlo de vuelta, aunque fuese en forma de fantasma.

Primero, se encerró en su casa, de donde raramente salía, esperando que él se le apareciese. Un buen día tuvo un presentimiento: debía situarse en la puerta de su casa y empezar a prestar atención a los demás, sintió que su marido quería que su vida fuera más alegre, que participase más en todo lo que acontecía en el pueblo.

Colocó una silla delante de casa y se puso a contemplar las montañas; pocas personas pasaban por las calles de Viscos pero, ese mismo día, una vecina que volvía de un pueblo cercano le dijo que los vendedores ambulantes vendían cubiertos muy baratos y de calidad, y sacó una cuchara de su bolso para demostrar lo que contaba.

Berta comprendió que jamás volvería a ver a su marido, pero él le había pedido que se quedara allí, contemplando el pueblo, y pensaba hacerlo. Con el paso del tiempo, empezó a notar una presencia a su izquierda, y tuvo la certeza de que él estaba allí, haciéndole compañía y protegiéndola de cualquier peligro y, además, le enseñaba a ver cosas que los demás no percibían, como los dibujos de las nubes, que siempre llevan mensajes. Se entristecía un poco cuando intentaba verlo de frente, porque el bulto se desvanecía; pero después se dio cuenta de que podía conversar con él utilizando su intuición, y empezaron a tener larguísimas conversaciones sobre temas de todo tipo.

Tres años después, ya era capaz de «ver» los sentimientos de las personas, aparte de poder escuchar los consejos prácticos que le daba su marido y que terminaron siéndole muy útiles; de esta manera, no se dejó engañar cuando le ofrecieron una indemnización mucho menor de la que merecía, e ingresó su dinero en otro banco antes de que el suyo cayera en bancarrota llevándose el fruto de años de trabajo de mucha gente de la comarca.

Una mañana —ya no recordaba cuánto tiempo hacía de ello—, él le había dicho que Viscos podía ser destruido. Berta pensó inmediatamente en un terremoto, en el nacimiento de nuevas montañas en aquella zona, pero él la tranquilizó, afirmando que ese tipo de fenómeno no sucedería allí en los próximos mil años; no, era otro tipo de destrucción la que lo tenía preocupado, aunque ni él mismo sabía de lo que estaba hablando. Pero le pidió que estuviera atenta, ya que aquél era su pueblo, el lugar que más amaba de este mundo, a pesar de haber tenido que marcharse prematuramente.

Tres días antes vio que el extranjero llegaba con un demonio, y supo que su tiempo de espera había terminado. Hoy había visto que había un demonio y un ángel al lado de la chica; inmediatamente relacionó ambas cosas, y comprendió que algo raro estaba pasando en su pueblo.

La mujer sonrió para sí misma, miró a su izquierda, y lanzó hacia allí un discreto besito. No era una vieja inútil; tenía que hacer algo muy importante: salvar el lugar donde había nacido, aunque no supiera con certeza qué medidas debía adoptar.

CHANTAL DEJÓ A la vieja inmersa en sus pensamientos y volvió a su casa. Berta tenía fama —los habitantes de Viscos la hacían circular en voz baja— de ser una bruja. Decían que se había pasado casi todo un año encerrada en su casa y que, durante ese tiempo, había aprendido artes mágicas. Cuando, en cierta ocasión, Chantal preguntó quién se las había enseñado, algunas personas dijeron que el Demonio en persona se le aparecía por la noche; otras, en cambio, afirmaron que la mujer invocaba a un druida celta, pronunciando unas palabras que le habían enseñado sus padres. Pero a nadie le importaba gran cosa; Berta era inofensiva, y siempre contaba historias interesantes.

Y tenían razón, aunque siempre fueran las mismas. De repente, Chantal se detuvo con la mano aferrada al pomo de la puerta. A pesar de haber escuchado muchas veces el relato de cómo había muerto el marido de Berta, sólo en aquel instante se dio cuenta de que en él había una lección importantísima para ella. Recordó su reciente paseo por el bosque, su odio intenso que se prodigaba por todas partes, dispuesto a herir indiscriminadamente a todo lo que estuviera a su alrededor: a sí misma, al pueblo, los habitantes, los hijos de los habitantes...

Pero, en realidad, sólo tenía un objetivo: el extranjero. Concentrarse, disparar, matar a la presa. Para ello era necesario un plan; sería una tontería soltar la noticia de cualquier manera esa misma noche y perder el control de la situación. Decidió retrasar otro día el relato de su encuentro con el extranjero, si es que alguna vez lo revelaba a los habitantes de Viscos.

AQUELLA NOCHE, AL COBRAR LA ronda de bebidas que el extranjero solía pagar, Chantal notó que le pasaba una nota. La guardó en el bolsillo, fingiendo indiferencia, a pesar de que —de vez en cuando— los ojos del extranjero buscaban los suyos en una interrogación muda. Parecía haberse invertido el juego: ahora era ella quien controlaba la situación, eligiendo el campo de batalla y la hora del combate. Los buenos cazadores actúan de esta manera: siempre imponen sus condiciones para que sea la presa la que se acerque a ellos.

Cuando volvió a su cuarto, con la extraña sensación de que esa noche dormiría muy bien, sólo entonces, leyó la nota: el hombre le pedía que se encontrasen en el lugar donde se habían conocido.

Terminaba diciendo que prefería conversar con ella a solas. Pero que también podían hacerlo delante de todos, si así lo deseaba.

A ella no le preocupó la amenaza; todo lo contrario, se alegró de haberla recibido. Eso demostraba que el hombre estaba perdiendo el control, puesto que las personas peligrosas no hacen ese tipo de cosas. Ahab, el gran pacificador de Viscos, solía decir: «Existen dos tipos de idiotas: los que dejan de hacer algo porque han recibido amenazas, y los que creen que van a hacer algo porque están amenazando a alguien».

Rompió la nota en pedacitos, los echó en la taza del váter, tiró de la cadena, tomó un baño de agua muy caliente, casi hirviendo, se metió entre las mantas, y sonrió. Había conseguido exactamente lo que quería: encontrarse de nuevo con el extranjero para hablar a solas. Si quería averiguar la manera de derrotarlo, necesitaba conocerlo mejor.

Se durmió casi inmediatamente; un sueño profundo, reparador, relajado. Había pasado una noche con el Bien, una noche con el Bien y el Mal, y una noche con el Mal. Ninguno de los tres había conseguido resultados, pero seguían vivos en su alma, y habían empezado a luchar entre sí, para demostrar quién era el más fuerte.

Cuando llegó el extranjero, Chantal ya estaba empapada; volvía a llover.

—No hablemos del tiempo —dijo ella—. Es evidente que está lloviendo. Conozco un lugar donde podremos conversar con más tranquilidad.

Se levantó y cogió una bolsa alargada de lona.

—¿Hay una escopeta, ahí dentro? —preguntó el extranjero.

—Sí.

—¿Quieres matarme?

—Sí. No sé si podré, pero tengo muchas ganas de hacerlo. De todas maneras, he traído el arma por otro motivo: si tropiezo con el lobo maldito por el camino y acabo con él, seré más respetada en Viscos. Ayer oí sus aullidos, aunque nadie parezca dispuesto a creerme.

—¿Qué es el lobo maldito?

Ella dudó de la conveniencia de conceder un mayor grado de intimidad a aquel hombre, que era su enemigo. Además, recordó un libro de artes marciales japonesas (ella leía todos los libros que los huéspedes olvidaban en el hotel, sin importarle el tema, porque no le gustaba malgastar su dinero en libros). Allí decía que la mejor manera de debilitar al adversario es hacerle creer que estás de su parte.

Mientras caminaban en medio de la lluvia y el viento, le contó la historia del lobo. Dos años atrás, un habitante de Viscos, el herrero del pueblo, para ser más exactos, salió a dar un paseo cuando, de repente, se encontró frente a un lobo y sus crías. El hombre se asustó, agarró una rama y le dio al animal. En condiciones normales, cualquier otro lobo habría huido, pero como estaba con sus crías, contraatacó y le mordió una pierna. El herrero, un hombre cuya profesión exigía una fuerza descomunal, le golpeó con tanta violencia que el animal terminó retrocediendo; el lobo se internó en el bosque con sus crías y jamás volvieron a verlo; lo único que se sabe de él es que tiene una mancha blanca en la oreja izquierda.

—¿Por qué «maldito»?

—Los animales no suelen atacar, ni siquiera los más feroces, a no ser que se trate de una situación excepcional como, en este caso, para proteger a sus crías. Pero si atacan y prueban la sangre humana, se vuelven peligrosos; van a querer más, dejan de ser animales salvajes para convertirse en asesinos. Todos creen que, algún día, ese lobo volverá a atacar.

«Es la historia de mi vida», pensó el extranjero.

Chantal procuraba caminar lo más de prisa que podía, porque era más joven, más ágil y quería tener la ventaja psicológica de cansar y humillar al hombre que la acompañaba; él, sin embargo, seguía el ritmo de sus pasos. Y, a pesar de que jadeaba un poco, en ningún momento le pidió que caminase más despacio.

Llegaron hasta una pequeña tienda de plástico verde, perfectamente camuflada, que utilizaban los cazadores para aguardar a su presa. Se sentaron dentro, ambos restregándose y soplándose las manos heladas.

—¿Qué quieres? —dijo ella—. ¿A qué viene la nota?

—Quiero plantearte un enigma: de todos los días de nuestra vida, ¿cuál es el que jamás llega?

No hubo respuesta.

—El mañana —dijo el extranjero—. Pero parece ser que tú sí crees que el mañana llegará, y sigues posponiendo lo que te pedí. Hoy empieza el fin de semana; si tú no dices nada, lo haré yo.

Chantal salió de la tienda, se situó a una distancia prudencial, abrió la bolsa de lona y sacó la escopeta. Aparentemente, el extranjero no se inmutó lo más mínimo.

—Has tenido el oro en tus manos —prosiguió el hombre—. Si tuvieras que escribir un libro sobre tu experiencia, ¿no crees que la mayor parte de los lectores, que se enfrentan a todo tipo de dificultades, que son víctimas de las injusticias de la vida y del prójimo, que tienen que luchar para pagar el colegio de sus hijos y tener comida en la mesa, no crees que esas personas desearían que huyeras con el lingote?

—No lo sé —dijo ella, mientras colocaba un cartucho en el arma.

—Yo tampoco. Ésa es la respuesta que deseo.

Chantal colocó el segundo cartucho.

—Estás a punto de matarme, a pesar de que hayas intentado tranquilizarme con el cuento del lobo. No importa, porque eso responde a mi pregunta: los seres humanos son esencialmente malos, una simple camarera de pueblo es capaz de cometer un crimen por dinero. Voy a morir, pero ya conozco la respuesta, y moriré feliz.

—Toma —dijo ella, entregándole la escopeta al extranjero—. Nadie sabe que nos conocemos. Todos los datos de tu ficha son falsos. Puedes irte cuando quieras y, según tengo entendido, puedes ir a cualquier parte del mundo. No es necesario tener buena puntería: basta con apuntar la escopeta en dirección a mí y apretar el gatillo. Cada cartucho está compuesto de varios perdigones de plomo que, al salir del cañón, se expanden en forma de cono. Sirve para matar pájaros y seres humanos. Incluso puedes mirar hacia otro lado, si no quieres ver mi cuerpo despedazado.

El hombre introdujo su dedo en el gatillo, apuntó en dirección a ella y, para su sorpresa, Chantal vio que sujetaba la escopeta correctamente, como un profesional. Estuvieron así largo rato, ella sabía que un simple resbalón, o el susto provocado por un animal que apareciera inesperadamente, podía hacer que el dedo se moviera y el arma se disparase. En aquel momento se dio cuenta de lo infantil de su gesto al desafiar a alguien sólo por el placer de provocarlo, afirmando que no era capaz de hacer lo que pedía a los demás.

El extranjero seguía apuntando con la escopeta, sus ojos no parpadeaban, sus manos no temblaban. Ya era tarde, quizás porque estaba convencido de que, en el fondo, no era tan mala idea terminar con la vida de la chica que lo había desafiado. Chantal se dispuso a pedirle que la perdonase, pero el extranjero bajó el arma antes de que ella pudiera decir nada.

—Casi puedo tocar tu miedo —le dijo al devolver la escopeta a Chantal—. Siento el olor del sudor que resbala por tu piel, aunque la lluvia lo disimule; y oigo los latidos de tu corazón, que casi se te sale por la boca, aunque los árboles agitados por el viento hagan un ruido infernal.

—Esta noche haré lo que me pediste —dijo Chantal, fingiendo que no escuchaba las verdades que acababa de decirle—. A fin de cuentas, viniste a Viscos para saber más cosas de tu propia naturaleza, para saber si eres bueno o malo. Pues acabo de demostrarte una cosa: que a pesar de todo lo que yo pueda haber sentido, podrías haber apretado el gatillo y, sin embargo, no lo has hecho. ¿Sabes por qué? Porque eres un cobarde. Utilizas a los demás para resolver tus conflictos, pero eres incapaz de tomar ciertas decisiones.

—Un filósofo alemán dijo en cierta ocasión: «Hasta Dios tiene un infierno: es su amor por los hombres». No, no soy un cobarde. He apretado gatillos mucho peores que el de esta arma; mejor dicho: fabriqué armas mucho mejores que ésta, y las repartí por todo el mundo. Lo hice todo de manera legal, en transacciones aprobadas por el gobierno, timbres de exportación, pago de impuestos. Me casé con la mujer que amaba y tuve dos hijas muy lindas, jamás desvié un solo céntimo de mi empresa, y siempre supe exigir aquello que me debían.

»Al contrario que tú, que te consideras perseguida por el destino, yo siempre fui capaz de actuar, de luchar contra las muchas adversidades a que tuve que enfrentarme, de perder unas batallas y ganar otras, de entender que las victorias y las derrotas forman parte de la vida de todos, excepto de la de los cobardes, tal como dices tú, porque ellos nunca pierden ni ganan.

»Leía mucho. Iba a la iglesia. Temía a Dios y respetaba sus mandamientos. Era director de una importante firma. Como recibía una comisión por cada transacción realizada, gané lo suficiente para mantener a mi mujer, mis hijas, mis nietos y mis bisnietos, ya que el comercio de armas es el que mueve más dinero en el mundo. Conocía la importancia de cada pieza que vendía, de modo que controlaba personalmente los negocios; descubrí varios casos de corrupción, despedí a los culpables, interrumpí ventas. Las armas que fabricaba eran para la defensa del orden, la única manera de continuar el progreso y la construcción del mundo; al menos, eso era lo que pensaba yo entonces.

El extranjero se acercó a Chantal y la sujetó por los hombros; quería que ella viese sus ojos y comprendiera que lo que decía era cierto.

—Tal vez pienses que los fabricantes de armas son la peor gentuza del mundo. Y tal vez tengas razón; pero lo cierto es que, desde el tiempo de las cavernas, el hombre ha utilizado armas; primero para matar animales, después para conquistar el poder sobre los demás. El mundo ha existido sin agricultura, sin ganadería, sin religión, sin música, pero jamás ha existido sin armas.

El hombre cogió una piedra del suelo.

—Y ésta, la primera de ellas, fue generosamente entregada por la Madre Naturaleza a los que debían enfrentarse a los animales prehistóricos. A buen seguro que una piedra como ésta salvó a un hombre, y este hombre, después de incontables generaciones, hizo posible que tú y yo naciéramos. Si él no hubiera tenido esa piedra, el carnívoro asesino lo habría devorado, y centenares de millones de personas no habrían nacido.

El viento arreciaba por momentos, y la lluvia era molesta, pero sus miradas no se desviaban.

—Del mismo modo que muchas personas critican a los cazadores pero Viscos los acoge con toda pompa porque vive de ellos, del mismo modo que mucha gente detesta las corridas de toros, pero compran carne en la carnicería alegando que los animales sacrificados en mataderos tuvieron una muerte «digna», también mucha gente critica a los fabricantes de armas, pero continuarán existiendo hasta que no quede ni una sola arma sobre la faz de la tierra. Porque, mientras quede un arma, deberá existir otra; de lo contrario, el equilibrio estará peligrosamente descompensado.

—¿Y qué tiene eso que ver con mi pueblo? —preguntó Chantal—. ¿Qué tiene que ver con desobedecer los mandamientos, con el crimen, con el robo, con la esencia del ser humano, con el Bien y el Mal?

Los ojos del extranjero se ensombrecieron, como si les hubiera inundado una gran tristeza.

—Recuerda lo que te dije al principio: siempre procuré hacer mis negocios conforme a las leyes, me consideraba «un hombre de bien». Una tarde recibí una llamada en la oficina: una voz femenina, suave, que no mostraba ninguna emoción, me informó que su grupo terrorista había secuestrado a mi mujer y a mis hijas. Querían una gran cantidad de aquello que yo estaba en condiciones de proveerles: armas. Exigieron discreción, dijeron que nada le pasaría a mi familia si yo seguía las instrucciones que me darían.

»La mujer colgó diciéndome que volvería a llamar en media hora, y pidió que esperase en una cabina telefónica determinada de la estación de trenes. Dijo que no me preocupara más de la cuenta, que las trataban bien y que serían liberadas al cabo de pocas horas, puesto que sólo debía mandar un e-mail a una de nuestras filiales en cierto país. En realidad, ni siquiera se trataba de un robo, sino de una venta ilegal que podía pasar completamente desapercibida incluso para la empresa en donde trabajaba.

»Como buen ciudadano educado para obedecer las leyes y sentirme protegido por ellas, lo primero que hice fue llamar a la policía. Al minuto siguiente yo ya no era dueño de mis decisiones, me había transformado en una persona incapaz de proteger a mi propia familia, mi universo estaba poblado por voces anónimas y llamadas frenéticas. Cuando me dirigí a la cabina indicada, un verdadero ejército de técnicos ya había conectado el cable telefónico subterráneo con los aparatos más modernos existentes, de modo que podrían localizar inmediatamente la llamada. Había helicópteros preparados para despegar, coches situados estratégicamente para cortar el tráfico, hombres bien entrenados y armados hasta los dientes estaban en alerta roja.

»Dos gobiernos diferentes, en continentes distantes, ya estaban al corriente de la situación, y prohibían cualquier tipo de negociación; yo sólo podía obedecer órdenes, repetir las frases que me dictaban, y comportarme de la manera que me exigían los especialistas.

»Antes del final del día, el zulo donde mantenían encerradas a las rehenes fue asaltado, y los secuestradores, dos chicos y una chica, aparentemente sin mucha experiencia, simples piezas descartables de una poderosa organización política, yacían muertos, cosidos a balas. Pero antes de morir, habían tenido tiempo de ejecutar a mi mujer y a mis hijas. Si hasta Dios tiene un infierno, que es su amor por los hombres, cualquier hombre tiene un infierno al alcance de la mano, que es el amor por su familia.

El hombre hizo una pausa: temía perder el control de su voz, y demostrar una emoción que deseaba mantener oculta. Cuando se recuperó, siguió hablando:

—Tanto la policía como los secuestradores utilizaron armas que fabricaba mi industria. Nadie sabe cómo llegaron a manos de los terroristas, pero eso no tiene la menor importancia, el hecho es que estaban allí. A pesar de mis precauciones, de mi lucha para que todo se llevara a cabo conforme a las normas más estrictas de producción y venta, mi familia había sido asesinada por algo que yo había vendido, en algún momento, quizás durante una cena en un restaurante carísimo, mientras hablaba del tiempo o de política mundial.

Nueva pausa. Cuando prosiguió con el relato, parecía que hablaba otra persona, como si nada de aquello tuviera ningún tipo de relación con él.

—Conozco bien el arma y las municiones que utilizaron para matar a mi familia, y sé dónde les dispararon: al pecho. Al entrar, la bala produce un pequeño orificio, menor que la anchura del dedo meñique. Pero cuando choca con el primer hueso, se divide en cuatro, y cada uno de los fragmentos sigue en direcciones distintas, destruyendo con violencia todo lo que encuentra a su paso: riñones, corazón, hígado, pulmones. Cada vez que roza algo resistente, como una vértebra, se desvía de nuevo, generalmente arrastrando consigo fragmentos afilados y músculos destrozados, hasta que finalmente consigue salir. Cada uno de los cuatro orificios de salida es casi tan grande como un puño, y la bala aún tiene fuerza suficiente para esparcir por la sala los pedazos de fibra, carne y huesos que se le han adherido mientras recorría el interior del cuerpo.

»Todo eso sucede en menos de dos segundos; dos segundos para morir no parece mucho, pero el tiempo no se mide de esta manera. Espero que lo comprendas.

Chantal asintió con la cabeza.

—Dejé mi empleo a finales de aquel año. Vagué por los cuatro costados de la Tierra, llorando a solas mi dolor, preguntándome a mí mismo cómo es posible que el ser humano sea capaz de tanta maldad. Perdí lo más importante que tenemos las personas: la fe en el prójimo. Reí y lloré por la ironía de

Dios, al demostrarme, de una manera tan absurda, que yo era un instrumento del Bien y del Mal.

»Toda mi compasión fue desapareciendo, y hoy en día mi corazón está seco; tanto me da vivir o morir. Pero antes, en nombre de mi mujer y mis hijas, necesito comprender qué pasó durante ese cautiverio. Comprendo que se pueda matar por odio o por amor, pero, ¿sin ningún motivo, sólo por negocios?

»Tal vez esto te parezca ingenuo, al fin y al cabo, la gente mata todos los días por dinero, pero eso no me interesa, yo sólo pienso en mi mujer y en mis hijas. Quiero saber lo que pasó por la cabeza de aquellos terroristas. Quiero saber si, en algún momento, podían haber sentido piedad y haberlas dejado marchar, ya que aquella guerra no era la de mi familia. Quiero saber si existe una fracción de segundo, cuando el Bien y el Mal se enfrentan, en que el Bien puede vencer.

—¿Por qué Viscos? ¿Por qué mi pueblo?

—¿Por qué las armas de mi fábrica, si hay tantas fábricas de armas en el mundo, algunas sin ningún tipo de control gubernamental? La respuesta es muy simple: por azar. Yo necesitaba una comunidad pequeña, donde todos se conocieran y se quisieran. En cuanto sepan lo de la recompensa, el Bien y el Mal se encontrarán de nuevo frente a frente, y lo que sucedió durante aquel cautiverio, sucederá en tu pueblo.

»Los terroristas ya estaban cercados, no tenían escapatoria; a pesar de ello, mataron para cumplir con un ritual inútil y vacío. Tu pueblo tendrá lo que a mí me fue negado: la posibilidad de elegir. Estarán cercados por el deseo del dinero, tal vez creerán que tienen la obligación de proteger y salvar al pueblo, pero, a pesar de ello, aún tendrán la capacidad de decidir si ejecutan o no ejecutan al rehén. Sólo eso: quiero averiguar si otras personas habrían tenido una reacción distinta a la que tuvieron aquellos pobres y sanguinarios jóvenes.

»Tal como te dije en nuestro primer encuentro, la historia de un hombre es la historia de toda la humanidad. Si existe compasión, entenderé que el destino, que fue cruel conmigo, pueda, a veces, ser dulce con los demás. Eso no cambiará en nada mis sentimientos, no me devolverá a mi familia, pero, por lo menos, alejaré el demonio que me acompaña, y me roba la esperanza.

—¿Y por qué quieres saber si soy capaz de robarte?

—Por el mismo motivo. Quizás tú divides el mundo en delitos leves o graves: pero no es así. Creo que aquellos terroristas también dividían el mundo de esa manera: pensaron que estaban matando por una causa, no por placer, amor, odio o dinero. Si te llevas el lingote de oro, tendrás que dar cuenta de tu delito a ti misma, y después a mí, y yo entenderé la justificación que los asesinos dieron al asesinato de mis seres queridos. Ya debes de haber notado que, durante todos estos años, he procurado entender lo que pasó; no sé si eso me proporcionará la paz, pero no veo ninguna otra alternativa.

—Si te robara el lingote, jamás volverías a verme.

Por primera vez, en la media hora que llevaban hablando, el extranjero esbozó una sonrisa.

—No olvides que trabajé en armamento. Eso implica servicios secretos.

EL HOMBRE LE pidió que lo acompañase hasta el río; se había perdido, no sabía el camino de vuelta. Chantal cogió la escopeta (la había pedido prestada a un amigo con el pretexto de que estaba muy tensa y quería distraerse yendo de caza).

No mediaron palabra durante el camino. Cuando llegaron al río, el hombre se despidió de ella.

—Entiendo tu demora, pero ya no puedo esperar más. También entiendo que, para luchar contra mí, necesitabas conocerme mejor: ahora ya me conoces.

»Soy un hombre que camina por la Tierra en compañía de un demonio; para alejarlo o aceptarlo de una vez por todas necesito hallar la respuesta a algunas preguntas.

El tenedor golpeó insistentemente un vaso. Todos los clientes del bar, que ese viernes estaba lleno hasta los topes, se giraron en dirección a la fuente de aquel ruido; era la señorita Prym, que pedía silencio.

El silencio fue inmediato. Nunca, en ningún momento de la historia del pueblo, ninguna chica cuya única obligación era servir a la clientela se había comportado de esa manera.

«Será mejor que tenga alguna cosa importante que decirnos —pensó la dueña del hotel—. O la despediré hoy mismo, a pesar de la promesa que hice a su abuela de no dejarla desamparada jamás».

—¡Escuchadme! Os voy a contar una historia que conocéis todos, excepto nuestro visitante —dijo Chantal, mirando en dirección al extranjero—. Después, os contaré otra historia que sólo conoce nuestro visitante. Cuando termine de contaros ambas historias deberéis juzgar si he hecho mal al interrumpir vuestro merecido descanso de la noche de los viernes, después de una semana de trabajo agotador.

«Se arriesga demasiado —pensó el cura—. No sabe nada que no sepamos nosotros. Por mucho que sea una pobre huérfana, sin otros medios para ganarse la vida, será difícil convencer a la dueña del hotel para que la mantenga en el empleo.

»Bueno, quizás no sea tan difícil —reflexionó—. Todos cometemos pecados y, pasados dos o tres días de enfado, todo se perdona». Además, no conocía, en toda la aldea, otra persona que pudiese trabajar en el bar. Era un empleo para gente joven y ya no quedaban más jóvenes en Viscos.

—Viscos tiene tres calles, una plazuela con una cruz, algunas casas en ruinas, una iglesia con un cementerio al lado... —empezó a decir Chantal.

—¡Un momento! —exclamó el extranjero.

Sacó una pequeña grabadora de su bolsillo, la puso en marcha y la dejó encima de la mesa.

—Todo lo que tiene relación con la historia de Viscos me interesa. No quiero perderme ni una sola palabra. Supongo que no te molesta que te grabe...

Chantal no sabía si le molestaba o no, pero no podía perder más tiempo. Hacía horas que luchaba contra sus miedos y, cuando finalmente había reunido el valor suficiente para empezar, no podía permitir ninguna interrupción.

—Viscos tiene tres calles, una plazuela con una cruz, algunas casas en ruinas, otras bien conservadas, un hotel, un buzón en un poste, una iglesia con un cementerio al lado...

Por lo menos, esta vez había hecho una descripción más completa. Ya no estaba tan nerviosa.

—Todos nosotros sabemos que había sido un reducto de delincuencia, hasta que nuestro gran legislador, Ahab, después de haber sido convertido por san Sabino, consiguió transformarlo en lo que es hoy en día, una aldea que sólo acoge hombres y mujeres de buena voluntad.

»Lo que no sabe nuestro extranjero, y ahora mismo se lo contaré, es el método que Ahab utilizó para conseguir su propósito. En ningún momento intentó convencer a nadie porque conocía la naturaleza humana; confundirían la honestidad con la flaqueza, e inmediatamente pondrían en duda su poder.

»Lo que hizo fue contratar a unos carpinteros de un pueblo cercano, darles un papel con un dibujo, y mandarles que construyeran algo en el lugar donde ahora está la cruz. Día y noche, durante diez días, los habitantes del pueblo oyeron el repiqueteo de los martillos, vieron hombres aserrando tablones, encajando piezas, enroscando tornillos. Pasados diez días, siempre cubierto por una lona, montaron aquel gigantesco rompecabezas en medio de la plaza. Ahab reunió a todos los habitantes de Viscos para que presenciaran la inauguración del monumento.

»Solemnemente, sin discursos, retiró la lona: era una horca. Con soga, trampilla y todo lo necesario. Completamente nueva, untada con cera de abeja, para que pudiera resistir mucho tiempo a la intemperie. Aprovechando la multitud que se había congregado allí, Ahab leyó una serie de leyes que protegían a los campesinos, incentivaban la cría de ganado, premiaban a los que montaran nuevos negocios en Viscos, añadiendo que, a partir de entonces, deberían dedicarse a trabajos honrados o mudarse a otro pueblo. Sólo dijo eso, no mencionó ni una sola vez el «monumento» que acababa de inaugurar; Ahab no creía en amenazas.

»Una vez terminada la reunión, se formaron diversos grupos; la mayoría pensaba que el santo le había sorbido el seso a Ahab y que éste ya no tenía el valor de antes, por lo que era necesario matarlo. Durante los días siguientes hicieron muchos planes al respecto. Pero todos se veían obligados a contemplar la horca que había en el centro de la plaza, y se preguntaban: ¿qué hace ahí? ¿La han montado para ejecutar a los que no acaten las nuevas leyes? ¿Quién está de parte de Ahab y quién no? ¿Tenemos espías entre nosotros?

»La horca contemplaba a los hombres, y los hombres contemplaban la horca. Poco a poco, el valor inicial de los rebeldes fue cediendo paso al miedo; todos conocían la fama de Ahab, sabían que era implacable en sus decisiones. Algunas personas abandonaron el pueblo, otras, en cambio, decidieron probar los empleos que les habían sugerido, simplemente porque no tenían otro sitio adonde ir o, tal vez, a causa de la sombra de aquel instrumento de muerte que había en medio de la plaza. Al cabo de un tiempo, Viscos era un remanso de paz, se había convertido en un gran centro comercial fronterizo, empezó a exportar una lana excelente y a producir trigo de primera calidad.

»La horca estuvo en la plaza durante diez años. La madera resistía bien, pero periódicamente cambiaban la soga. Nunca fue utilizada. Ahab nunca hizo ningún comentario sobre ella. Bastó su imagen para transformar el valor en miedo, la confianza en sospecha, las bravatas en susurros de aceptación. Pasados diez años, cuando finalmente la ley imperaba en Viscos, Ahab ordenó desmontarla y usar su madera para construir una cruz, que fue erigida en el mismo lugar.

Chantal hizo una pausa. En el bar, completamente en silencio, resonaron los aplausos solitarios del extranjero.

—Una historia muy bonita —dijo el hombre—. Realmente, Ahab conocía la naturaleza humana: no es la voluntad de cumplir las leyes lo que hace que la gente se comporte como manda la sociedad, sino el miedo al castigo. Todos arrastramos esta horca en nuestro interior.

—Hoy, porque el extranjero me lo pidió, arrancaré la cruz y colocaré otra horca en medio de la plaza —continuó diciendo ella.

—Carlos —comentó alguien—. Se llama Carlos y sería más educado usar su nombre que llamarlo «extranjero».

—No sé cómo se llama. Todos los datos de la ficha del hotel son falsos. Nunca ha pagado con tarjeta de crédito. No sabemos de dónde viene ni adónde va; incluso la llamada al aeropuerto podría ser una mentira.

Todos se giraron en dirección al hombre; él mantenía los ojos fijos en Chantal.

—Pero cuando dijo la verdad no le creísteis; realmente trabajó en una fábrica de armamento, vivió muchas aventuras, fue varias personas diferentes, de padre amoroso a negociador despiadado. Vosotros, al vivir aquí, no comprendéis que la vida es mucho más compleja y rica de lo que pensáis.

«Será mejor que esta chica se exprese con claridad», pensó la dueña del hotel. Y Chantal se expresó con claridad.

—Hace cuatro días me enseñó diez lingotes de oro muy gruesos. Con ellos, se podría asegurar el futuro de todos los habitantes de Viscos durante los próximos treinta años, realizar importantes reformas en el pueblo, construir un parque infantil, con la esperanza de que los niños vuelvan a poblar nuestra aldea... Después, los escondió en el bosque, y no se dónde están ahora.

Todos se giraron nuevamente en dirección al extranjero; esta vez, el hombre los miró a ellos y asintió con la cabeza.

—El oro será para Viscos si, en los próximos tres días, se comete un asesinato aquí. Si no muere nadie, el extranjero se irá, llevándose su tesoro.

»Esto es todo. Ya dije lo que tenía que decir, ya puse de nuevo la horca en la plaza. Sólo que esta vez no está ahí para evitar un crimen, sino para que un inocente sea ahorcado en ella, y el sacrificio de este inocente sirva para que el pueblo prospere.

Por tercera vez, los presentes se giraron hacia el extranjero; de nuevo, él asintió con la cabeza.

—Esta chica sabe contar historias —dijo el hombre, apagando la grabadora y guardándola en el bolsillo.

CHANTAL SE VOLVIÓ de espaldas y empezó a fregar los vasos en la pila. El tiempo parecía haberse detenido en Viscos; nadie decía nada. Lo único que se oía era el agua del grifo, el tintineo de los vasos de cristal cuando los ponía encima del mármol, el viento distante que agitaba las ramas desnudas de los árboles.

El alcalde quebró el silencio.

—Vamos a llamar a la policía.

—Podéis hacerlo —dijo el extranjero—. Pero tengo en mi poder una cinta grabada. Mi único comentario ha sido: «Esta chica sabe contar historias».

—Por favor, suba a su habitación, recoja sus cosas y salga inmediatamente del pueblo —exigió la dueña del hotel.

—Pagué una semana y pienso quedarme una semana, aunque sea preciso llamar a la policía.

—¿No se le ha ocurrido pensar que el muerto podría ser usted?

—Claro. Pero eso no tiene la menor importancia para mí. Si reaccionáis así, habréis cometido un crimen y jamás obtendréis la recompensa prometida.

UNO A UNO, los clientes del bar fueron saliendo, empezando por los más jóvenes y acabando por los más viejos. Sólo se quedaron Chantal y el extranjero.

Ella cogió su bolso, se puso el abrigo, se dirigió hacia la puerta y, entonces, se giró.

—Has sufrido y deseas venganza —dijo ella—. Tu corazón está muerto, tu alma sin luz. El demonio que te acompaña está sonriendo porque llevas a cabo el juego que él determinó.

—Gracias por haber hecho lo que te pedí. Y por haberme contado la interesante y verídica historia sobre la horca.

—En el bosque me dijiste que querías respuestas para ciertas preguntas, pero de la manera que has urdido tu plan, sólo la maldad tiene recompensa; si no hay ningún asesinato, el Bien sólo obtendrá alabanzas. Y sabes de sobras que las alabanzas no alimentan bocas hambrientas ni animan pueblos decadentes. Tú no quieres la respuesta a una pregunta, sino la confirmación de algo en lo que deseas creer desesperadamente: que todo el mundo es malo.

La expresión del extranjero cambió y Chantal se dio cuenta de ello.

—Si todo el mundo es malo, se justifica la tragedia que has sufrido —continuó diciendo ella—. Te será más fácil aceptar la pérdida de tu mujer y tus hijas. Pero si existen personas buenas, tu vida será insoportable, aunque digas lo contrario; porque el destino te puso una trampa que no merecías. No quieres recuperar la luz, sino tener la certeza de que sólo existen las tinieblas.

—¿Adónde quieres ir a parar?

—A una apuesta más justa. Si, dentro de tres días, no ha habido ningún asesinato, el pueblo obtendrá los diez lingotes de oro de cualquier manera. Como premio por la integridad de sus habitantes.

El extranjero se echó a reír.

—Y yo obtendré mi lingote, como pago por haber participado en este juego tan sórdido.

—No soy estúpido. Si lo acepto, lo primero que harías sería salir a contárselo a todo el mundo.

—Es un riesgo. Pero no pienso hacerlo; lo juro por mi abuela y por mi salvación eterna.

—No basta con eso. Nadie sabe si Dios escucha los juramentos ni si existe la salvación eterna.

—Comprenderás que no lo he hecho, porque he erigido una horca nueva en medio del pueblo. Te sería fácil percatarte de cualquier truco, si lo hubiera. Además, aunque yo, ahora, contase nuestra conversación a todos, nadie me creería; sería lo mismo que llegar a Viscos con el tesoro y decir: «Esto es para vosotros, tanto si hacéis lo que os ha pedido el extranjero como si no». Estos hombres y estas mujeres están acostumbrados a trabajar duro, a ganar con el sudor de su frente cada céntimo, y nunca admitirían la posibilidad de que les cayera un tesoro del cielo.

El extranjero encendió un cigarrillo, apuró su vaso y se levantó de la mesa. Chantal esperaba su respuesta con la puerta abierta y el frío penetraba en el bar.

—Si juegas sucio, lo notaré —dijo el hombre—. Estoy acostumbrado a tratar con los seres humanos, igual que tu Ahab.

—Estoy convencida de ello. ¿Eso significa que sí?

Nuevamente, el hombre asintió con la cabeza.

—Y otra cosa: aún crees que el hombre puede ser bueno. De lo contrario, no habrías organizado este montaje tan estúpido sólo para convencerte a ti mismo.

Chantal cerró la puerta y caminó por la única calle de Viscos —completamente desierta— llorando sin parar. Sin querer, se había involucrado en el juego; había apostado que los hombres eran buenos, a pesar de toda la maldad que existe en el mundo. Jamás contaría la conversación que acababa de tener con el extranjero porque ahora ella también necesitaba saber la respuesta.

Sabía que —a pesar de que la calle estaba desierta— por detrás de las cortinas y de las luces apagadas, todas las miradas de Viscos la acompañaban hasta su casa. No importaba; estaba demasiado oscuro para que pudieran ver su llanto.

EL EXTRANJERO ABRIÓ LA VENTANA de su habitación, y deseó que el frío acallase por algunos momentos la voz de su demonio.

Tal como había previsto, no funcionó, porque el demonio estaba más agitado que nunca, a causa de lo que la chica acababa de decir. Por primera vez en muchos años lo veía debilitado, y hubo algún momento en que notó que se alejaba de él, para volver en seguida, ni más fuerte, ni más débil, con su temperamento habitual. Moraba en el lado derecho de su cerebro, precisamente la parte que gobierna la lógica y el raciocinio, pero nunca se había dejado ver físicamente, de modo que estaba obligado a imaginarse cómo debía de ser. Intentó retratarlo de mil maneras distintas, desde el diablo convencional con cuernos y rabo, hasta una chica rubia de cabellos ondulados. Terminó eligiendo la imagen de un joven de veinte y pocos años, con pantalones negros, camisa azul, y una boina verde displicentemente colocada encima de sus cabellos negros.

Había escuchado su voz, por primera vez, en la isla donde viajó después de abandonar la empresa; estaba en la playa, sufría pero intentaba desesperadamente creer que aquel dolor tendría un final, cuando vio la puesta de sol más hermosa de su vida. Entonces, la desesperación se abatió sobre él con más fuerza que nunca y descendió al abismo más profundo de su alma, porque aquel atardecer merecía ser visto por su mujer y las niñas. Lloró compulsivamente, y presintió que nunca saldría del fondo de aquel pozo.

En ese momento, una voz simpática y amistosa le dijo que no estaba solo, que todo lo que le había sucedido tenía un sentido, y que el sentido era, precisamente, demostrarle que el destino de todas las personas ya está trazado. La tragedia aparece siempre, y nada de lo que podamos hacer puede cambiar ni una línea del mal que nos espera.

«No existe el bien: la virtud sólo es una de las caras del terror —le había dicho la voz—. Cuando el hombre lo entiende, se da cuenta que este mundo no es otra cosa que una broma de Dios».

Después, la voz —que se identificó como el príncipe de este mundo, el único conocedor de lo que acontece en la Tierra— empezó a mostrarle las personas que tenía a su alrededor, en la playa. Al abnegado padre de familia que empaquetaba cosas y ayudaba a sus hijos a ponerse el abrigo le gustaría tener un lío con su secretaria pero le aterrorizaba la reacción de su mujer. A la mujer le gustaría trabajar y ser independiente, pero le aterrorizaba la reacción del marido. Los niños se portaban bien por miedo a los castigos. La chica que leía un libro, sola en una caseta, fingía indiferencia, pero su alma estaba aterrorizada por la posibilidad de pasar sola el resto de su vida. El chico que hacía ejercicio con la raqueta estaba aterrorizado porque debía estar a la altura de las expectativas de sus padres. Al camarero que servía cócteles tropicales le aterrorizaba la idea de que pudieran despedirlo en cualquier momento. La chica que quería ser bailarina, pero estudiaba derecho por miedo a enfrentarse a la crítica de sus vecinos. El viejo que no fumaba ni bebía diciendo que así se conservaba en forma, cuando, en realidad, el terror a la muerte susurraba en sus oídos como el viento. La pareja que corría salpicando con el agua del rompiente, con una sonrisa en los labios, y el terror oculto de volverse viejos, aburridos, inválidos. El hombre que paró su lancha delante de todos y los saludó con la mano, sonriente, bronceado, sintiendo terror porque podía perder su dinero de un momento a otro. El dueño del hotel, que contemplaba aquella escena paradisíaca desde su oficina, intentando que todos estuvieran contentos y animados, exigiendo el máximo de sus contables, con el terror en el alma porque sabía que —por más honrado que fuese— hacienda siempre descubría errores en la contabilidad.

Terror en cada una de las personas que había en aquella bonita playa, en aquel atardecer que dejaba sin aliento. Terror de quedarse solo, terror de la oscuridad que poblaba la imaginación de demonios, terror de hacer alguna cosa ajena al manual de urbanidad, terror al juicio de Dios, terror de los comentarios de los hombres, terror de la justicia que castigaba cualquier falta, terror de arriesgarse y perder, terror de ganar y tener que convivir con la envidia, terror de amar y ser rechazado, terror de pedir un aumento, de aceptar una invitación, de ir a lugares desconocidos, de no conseguir hablar una lengua extranjera, de no tener capacidad para impresionar a los demás, de hacerse viejo, de morir, de hacerse notar por los defectos, de no ser notado por las cualidades, de no ser notado ni por defectos ni por cualidades.

Terror, terror, terror. La vida era un régimen de terror, la sombra de la guillotina. «Espero que esto te tranquilice —oyó decir a su demonio—. Todos están aterrorizados; no estás solo. La única diferencia es que tú ya pasaste por lo más difícil; lo que más temías ya se ha transformado en realidad. No tienes nada que perder, las otras personas que están en esta playa, en cambio, conviven con la proximidad del terror, algunos son más conscientes, otros intentan ignorarlo, pero todos saben que existe y que, al final, los atrapará».

Por increíble que pueda parecer, aquello que escuchaba lo dejó más aliviado, como si el sufrimiento ajeno disminuyera su dolor individual. A partir de entonces, la presencia del demonio se tornó cada vez más constante. Hacía dos años que convivía con él, y no le proporcionaba ni placer ni tristeza saber que se había apoderado completamente de su alma.

A medida que se familiarizaba con la compañía del demonio procuraba saber más cosas sobre el origen del Mal, pero nada de lo que preguntaba obtenía una respuesta precisa:

«Es inútil que intentes averiguar por qué existo. Si quieres una explicación, puedes decirte a ti mismo que soy la manera que Dios encontró para castigarse por haber decidido, en un momento de distracción, crear el Universo».

YA QUE EL demonio hablaba tan poco de sí mismo, el hombre empezó a buscar todo tipo de información referente al Infierno. Averiguó que la mayoría de las religiones tenían «un lugar de castigo» adonde se dirigía el alma inmortal que había cometido ciertos crímenes contra la sociedad (todo parecía ser una cuestión de la sociedad, no del individuo). Algunas decían que, una vez separado del cuerpo, el espíritu cruzaba un río, se enfrentaba a un perro y entraba por una puerta por la que nunca jamás volvería a salir. Como colocaban el cadáver en un túmulo, este lugar de tormentos se situaba, en general, en el interior de la tierra; a causa de los volcanes, se sabía que este interior está lleno de fuego, y la imaginación humana creó las llamas que torturaban a los pecadores.

Una de las descripciones más interesantes la encontró en

un libro árabe: allí estaba escrito que, una vez fuera del cuerpo, el alma debe caminar por un puente tan estrecho como el filo de una navaja, en el lado derecho está el paraíso, en el izquierdo, una serie de círculos que conducen a la oscuridad del interior de la Tierra. Antes de cruzar el puente (el libro no explica adónde conduce), cada cual cargaba sus virtudes en la mano derecha y sus pecados en la izquierda, y el desequilibrio provocaría que cayese hacia el lado que sus actos en la tierra lo hubieran llevado.

El cristianismo hablaba de un lugar donde se escucharía llanto y crujir de dientes. El judaísmo se refería a una caverna interior, con espacio para un número determinado de almas; algún día, el infierno estaría lleno y se acabaría el mundo. El islam hablaba del fuego donde todos arderían, «a menos que Dios desee lo contrario». Para los hindúes, el Infierno nunca era un lugar de tormento eterno, ya que creían que el alma se reencarnaría al cabo de un cierto tiempo, para expiar sus pecados en el mismo lugar donde los había cometido, o sea, en este mundo. A pesar de ello, tenían veintiún tipos de lugares de sufrimiento, en lo que solían llamar «las tierras inferiores».

Los budistas también hacían distinciones entre los diferentes tipos de castigo a que el alma puede enfrentarse: ocho infiernos de fuego, ocho completamente helados y, además, un reino en donde el condenado no sentía frío ni calor, sólo un hambre y una sed infinitas.

Pero no había nada comparable a la gigantesca variedad que los chinos habían concebido; al contrario que los otros —que situaban el Infierno en el interior de la Tierra—, las almas de los pecadores iban a una montaña llamada Pequeña

Cerca de Hierro, que estaba rodeada por otra, la Gran Cerca. En el espacio que había entre las dos existían ocho grandes infiernos superpuestos, cada uno de los cuales controlaba dieciséis infiernos pequeños que, a su vez, controlaban diez millones de infiernos subyacentes. Los chinos también explicaban que los demonios estaban formados por las almas de los que ya habían cumplido sus penas.

Además, los chinos eran los únicos que explicaban de una manera convincente el origen de los demonios: eran malos porque habían sufrido la maldad en carne propia, y querían pasarla a los demás, en un eterno ciclo de venganza.

«ESO DEBE DE ser lo que me está sucediendo a mí», se dijo el extranjero, recordando las palabras de la señorita Prym. El demonio también las había oído, y sentía que había perdido una parte del terreno tan arduamente conquistado. La única manera de recuperarlo consistía en no dejar que la mente del extranjero albergara ningún tipo de duda.

«No pasa nada, has tenido una duda —dijo el demonio—. Pero el terror permanece. La historia de la horca ha sido muy buena y esclarecedora: los hombres son virtuosos porque existe el terror, pero su esencia es maligna, todos son descendientes míos».

EL EXTRANJERO TEMBLABA de frío, pero decidió seguir con la ventana abierta.

«Dios mío, yo no merecía lo que me sucedió. Si tú hiciste eso conmigo, yo puedo hacer lo mismo a los demás. Es de justicia».

El demonio se asustó, pero permaneció en silencio; no podía demostrar que también él estaba aterrorizado. El hombre blasfemaba contra Dios, y justificaba sus actos, pero era la primera vez, en dos años, que le oía dirigirse al cielo.

Era una mala señal.

«Es una buena señal», fue el primer pensamiento de Chantal, cuando oyó la bocina de la furgoneta que traía el pan. En Viscos, la vida seguía igual, estaban repartiendo el pan, la gente saldría de su casa, tendrían todo el fin de semana para comentar el disparate que les habían propuesto y contemplarían —con cierto disgusto— la partida del extranjero el lunes por la mañana. Y, esa misma tarde, ella les contaría la apuesta que había hecho, les anunciaría que habían ganado la batalla y que eran ricos.

Nunca llegaría a convertirse en una santa, como san Sabino, pero durante muchas generaciones sería recordada como la mujer que salvó la aldea de la segunda visita del Mal; quizás inventarían leyendas sobre ella y, posiblemente, los futuros habitantes de Viscos se referirían a ella como a una hermosa mujer, la única que no abandonó Viscos cuando aún era joven, porque tenía una misión que cumplir. Las damas piadosas encenderían velas en homenaje a ella, los jóvenes suspirarían de amor por la heroína que no pudieron conocer.

Se sintió orgullosa de sí misma, y pensó que debía ser discreta y no mencionar el lingote de oro que le pertenecía o acabarían por convencerla de que, para ser considerada santa, era necesario que también compartiera su parte.

A su manera, estaba ayudando a salvar el alma del extranjero, y Dios se lo tendría en cuenta cuando tuviera que rendir cuentas de sus actos. Pero el destino de aquel hombre poco le importaba, lo que más deseaba era que los dos días pasaran lo más rápido posible, ya que tamaño secreto casi no le cabía en el corazón.

Los habitantes de Viscos no eran ni mejores ni peores que los de los pueblos vecinos, pero, con toda certeza, serían incapaces de cometer un crimen por dinero; estaba segura de ello. Ahora que la historia había salido a la luz pública, ningún hombre ni ninguna mujer podía tomar una iniciativa aislada; primero, porque la recompensa debería ser repartida igualmente, y no conocía a nadie dispuesto a arriesgarse por el lucro de los demás. Segundo, si estuvieran considerando llevar a cabo aquello que ella juzgaba impensable, deberían contar con la complicidad de todos, con excepción, tal vez, de la víctima escogida. Si una sola persona estuviera en contra de la idea —y, a falta de nadie más, ella sería esa persona—, los hombres y las mujeres de Viscos correrían el riesgo de ser denunciados y apresados. Es mejor ser pobre y honrado que rico en la cárcel.

Chantal bajó la escalera recordando que incluso algo tan simple como la elección del alcalde de una aldea de tres calles ya provocaba discusiones acaloradas y divisiones internas. Cuando quisieron construir un parque infantil en la parte baja de Viscos se armó tal revuelo que jamás llegaron a empezar las obras; unos decían que en el pueblo no había niños, otros gritaban que un parque los haría volver, cuando sus padres fueran al pueblo de vacaciones, y notaran que había mejorado en algo. En Viscos se discutía por todo: la calidad del pan, las leyes de caza, la existencia o no del lobo maldito, el extraño comportamiento de Berta y, posiblemente, los encuentros a escondidas de la señorita Prym con algunos de los huéspedes del hotel, aunque jamás se habían atrevido a mencionar el asunto delante de ella.

Se acercó a la furgoneta con aire de quien, por primera vez en la vida, desempeñaba el papel principal en la historia del pueblo. Hasta entonces había sido la huérfana desamparada, la chica que no había conseguido casarse, la pobre trabajadora nocturna, la infeliz en busca de compañía; nada perdían por esperar un poco. Pero dentro de dos días, todos le besarían los pies y le darían las gracias por su generosidad y la abundancia de que disfrutaban, tal vez insistirían para que se presentara a candidata para la alcaldía (pensándolo bien, quizás sería mejor quedarse una temporada y disfrutar de la gloria recién conquistada).

El grupo de personas que estaba en torno a la furgoneta compraba el pan en silencio. Todos se volvieron hacia ella, pero no dijeron ni una palabra.

—¿Pero qué pasa en este pueblo? —preguntó el repartidor del pan—. ¿Se ha muerto alguien?

—No —respondió el herrero, que, a pesar de ser un sábado por la mañana y pudiera haber dormido hasta más tarde, estaba allí—. Hay una persona que lo está pasando mal, y estamos preocupados.

Chantal no entendía nada de lo que estaba sucediendo.

—Apresúrate a comprar lo que necesites —oyó decir—. Que el chico tiene prisa.

Mecánicamente, entregó sus monedas y cogió el pan. El chico de la furgoneta se encogió de hombros, como si desistiera de comprender lo que pasaba. Dio el cambio, deseó a todos un buen día, arrancó el vehículo y se marchó.

—Ahora soy yo la que pregunta: ¿qué pasa en este pueblo? —dijo, y el miedo hizo que levantara la voz más de lo que permite la buena educación.

—Ya sabes qué pasa —dijo el herrero—. Quieres que cometamos un crimen por dinero.

—¡Yo no quiero nada! ¡Sólo hice lo que me pidió aquel hombre! ¿Acaso os habéis vuelto locos?

—Te has vuelto loca. ¡No deberías haberte convertido en la mensajera de ese chalado! ¿Qué quieres? ¿Qué vas a ganar con esto? ¿Quieres transformar el pueblo en un infierno, como en la historia que contaba Ahab? ¿Has perdido la dignidad y la honra?

Chantal estaba temblando.

—¡Vosotros sí que os habéis vuelto locos! ¿No me diréis que os habéis tomado en serio la proposición?

—Déjala —dijo la dueña del hotel—. Tenemos que preparar los desayunos.

Poco a poco, el grupo se fue dispersando. Chantal seguía temblando, sujetando el pan, incapaz de moverse de donde estaba. Por primera vez, todas aquellas personas, que se pasaban la vida discutiendo, se habían puesto de acuerdo en algo: ella era la culpable. No el extranjero ni la proposición, sino ella, Chantal Prym, la instigadora del crimen. ¿Acaso el mundo se había vuelto del revés?

Dejó el pan a la puerta de su casa, salió del pueblo en dirección a la montaña; no tenía hambre ni sed ni sentía ningún deseo. Se había dado cuenta de algo muy importante, algo que la henchía de miedo, pavor, terror absoluto.

Nadie había contado nada al hombre de la furgoneta.

Lo más natural habría sido comentar un acontecimiento como aquél, ya fuera con indignación o con risas; pero el hombre de la furgoneta, que repartía el pan y los chismorreos a los pueblos de la comarca, se había marchado sin saber lo que estaba pasando. A buen seguro, los habitantes de Viscos se habían reunido allí, por primera vez, aquel día y no habían tenido tiempo de comentar con los demás lo que había sucedido la noche anterior, a pesar de que todos ya estaban enterados de lo que había pasado en el bar. Y habían hecho, inconscientemente, una especie de pacto de silencio.

O sea, que podía ser que cada una de esas personas, en el fondo del corazón, estuviera pensando lo impensable, imaginando lo inimaginable.

BERTA LA LLAMÓ. Continuaba en su sitio, vigilando inútilmente el pueblo, porque el peligro ya había entrado, y era mucho peor de lo que pensaba.

—No tengo ganas de hablar —dijo Chantal—. No puedo pensar, ni reaccionar, ni decir nada.

—Pues siéntate aquí y escúchame.

De todas las personas con quien se había encontrado desde que se había levantado, Berta era la única que la estaba tratando con delicadeza. Chantal, no sólo se sentó, sino que la abrazó. Se quedaron así durante un buen rato, hasta que Berta rompió el silencio.

—Ahora vete al bosque, enfría tus ideas; ya sabes que el problema no va contigo. Ellos también lo saben, pero buscan un culpable.

—¡Es el extranjero!

—Tú y yo sabemos que es él. Nadie más. Todos prefieren creer que han sido traicionados, que deberías habérselo contado antes, que no has confiado en ellos.

—¡¿Que yo les he traicionado?!

—Sí.

—¿Por qué prefieren creer eso?

—Piensa.

Chantal pensó. Porque necesitaban un culpable. Una víctima.

—No sé cómo terminará esta historia —dijo Berta—. Viscos es un pueblo de hombres de bien, aunque, tal como tú dijiste, son un poco cobardes. A pesar de ello, tal vez sería mejor que pasaras una temporada lejos de aquí.

Berta debía de estar bromeando; nadie se tomaría en serio la apuesta del extranjero. ¡Nadie! Además, ella no tenía dinero ni ningún sitio adonde ir.

No era cierto: la estaba esperando un lingote de oro, y la podía llevar a cualquier lugar del mundo. Pero no quería pensar en ello, de ninguna manera.

En ese momento, como por una ironía del destino, el hombre pasó por delante de ellas y se fue a caminar por las montañas, como todas las mañanas. Las saludó con un gesto de la cabeza, y siguió adelante. Berta lo acompañó con la mirada mientras Chantal comprobaba si alguien del pueblo había visto que las saludaba. Dirían que ella era su cómplice. Dirían que había un código secreto entre los dos.

—Está más serio —dijo Berta—. Tiene un aire extraño.

—Tal vez se ha dado cuenta de que su broma se ha convertido en realidad.

—No, no es solamente eso. No sé qué es, pero... Es como si... No, no sé qué es.

«Mi marido debe de saberlo», pensó Berta, percibiendo una sensación nerviosa y desagradable que procedía de su lado izquierdo. Pero no era el momento adecuado para conversar con él.

—Pienso en Ahab —dijo a la señorita Prym.

—¡No quiero saber nada de Ahab, ni de historias ni de nada! ¡Sólo quiero que el mundo vuelva a ser como antes, que Viscos, con todos sus defectos, no sea destruido por la locura de un hombre!

—Me parece que amas más este pueblo de lo que tú crees.

Chantal estaba temblando. Berta volvió a abrazarla, colocando la cabeza de la chica en su hombro, como si fuera la hija que no había tenido.

—Como te estaba diciendo, Ahab contaba una historia sobre el cielo y el infierno que, antiguamente, se transmitía de padres a hijos, pero hoy en día, ya nadie la recuerda. Un hombre, su caballo y su perro iban por una carretera. Cuando pasaban cerca de un enorme árbol, cayó un rayo y los tres murieron fulminados. Pero el hombre no se dio cuenta de que ya había abandonado este mundo, y prosiguió su camino con sus dos animales; a veces, los muertos tardan un cierto tiempo antes de ser conscientes de su nueva condición...

Berta pensó en su marido, que continuaba insistiendo para que se despidiera de la chica, porque debía contarle algo muy importante. Tal vez había llegado el momento de explicarle que estaba muerto y que dejara de interrumpir su historia.

—La carretera era muy larga, colina arriba, el sol era muy fuerte, estaban sudados y sedientos. En una curva del camino vieron un portal magnífico, todo de mármol, que conducía a una plaza pavimentada con adoquines de oro, en el centro de la cual había una fuente de donde manaba un agua cristalina. El caminante se dirigió al hombre que custodiaba la entrada.

»—Buenos días.

»—Buenos días —respondió el guardián.

»—¿Cómo se llama este lugar tan bonito?

»—Esto es el Cielo.

»—Qué bien que hayamos llegado al Cielo, porque estamos sedientos.

»—Usted puede entrar y beber tanta agua como quiera. —Y el guardián señaló la fuente.

»—Pero mi caballo y mi perro también tienen sed...

»—Lo siento mucho —dijo el guardián—. Pero aquí no se permite la entrada a los animales.

»El hombre se llevó un gran disgusto, puesto que tenía muchísima sed, pero no pensaba beber solo; dio las gracias al guardián y siguió adelante. Después de caminar un buen rato cuesta arriba, exhaustos, llegaron a otro sitio, cuya entrada estaba marcada por una puertecita vieja que daba a un camino de tierra rodeado de árboles. A la sombra de uno de los árboles había un hombre echado, con la cabeza cubierta por un sombrero; posiblemente dormía.

»—Buenos días —dijo el caminante.

»El hombre respondió con un gesto de la cabeza.

»—Tenemos mucha sed, yo, mi caballo y mi perro.

»—Hay una fuente entre aquellas rocas —dijo el hombre, indicando el lugar—. Podéis beber tanta agua como queráis.

»El hombre, el caballo y el perro fueron a la fuente y calmaron su sed.

»El caminante volvió atrás para dar las gracias al hombre.

»—Podéis volver siempre que queráis —le respondió.

»—A propósito, ¿cómo se llama este lugar?

»—Cielo.

»—¿El Cielo? ¡Pero si el guardián del portal de mármol me ha dicho que aquello era el Cielo!

»—Aquello no era el Cielo, era el Infierno.

»El caminante quedó perplejo.

»—¡Deberíais prohibir que utilicen vuestro nombre! ¡Esta información falsa debe de provocar grandes confusiones!

»—¡De ninguna manera! En realidad, nos hacen un gran favor. Porque allí se quedan todos los que son capaces de abandonar a sus mejores amigos...

BERTA ACARICIÓ LA cabeza de la chica y percibió que en su interior, el Bien y el Mal estaban librando un combate sin cuartel, entonces le dijo que fuera al bosque y preguntara a la Naturaleza adónde debía dirigirse.

—Presiento que nuestro pequeño paraíso enclavado en las montañas está a punto de abandonar a sus amigos.

—Te equivocas, Berta. Perteneces a otra generación, la sangre de los malhechores que habían poblado Viscos es más densa en tus venas que en las mías. Los hombres y las mujeres de Viscos tienen mucha dignidad. Si no tienen dignidad, desconfían los unos de los otros. Si no desconfían, tienen miedo.

—De acuerdo, estoy equivocada. Pero haz lo que te digo: ve a escuchar a la Naturaleza.

CHANTAL SE MARCHÓ. Y Berta se volvió hacia el fantasma de su marido, pidiéndole que se tranquilizara, que ya era una mujer adulta; mejor dicho, una anciana, y que no debía interrumpirla cuando intentaba dar consejos a una persona joven. Ya había aprendido a cuidar de sí misma, y ahora cuidaba del pueblo.

Su marido le pidió que anduviera con cuidado. Que no diera tantos consejos a la chica, porque nadie sabía cómo acabaría aquella historia.

Berta se sorprendió mucho, porque creía que los muertos lo sabían todo; al fin y al cabo, ¿no había sido él quien la había advertido de que el peligro estaba por llegar? Tal vez se estaba haciendo demasiado viejo, y empezaba a tener otras manías, además de tomar la sopa con la misma cuchara.

El marido le dijo que la vieja era ella, porque los muertos conservan la misma edad. Y que, aunque supieran algunas cosas que los vivos desconocían, necesitaban de algún tiempo para ser admitidos en el lugar donde viven los ángeles superiores; él era un muerto reciente (no hacía ni quince años que había abandonado la Tierra), aún debía aprender muchas cosas, a pesar de que sabía que ya podía ayudar bastante.

Berta le preguntó si la morada de los ángeles superiores era más bonita y cómoda. El marido le contestó que se dejara de bromitas y concentrara su energía en la salvación de Viscos. No porque le interesara especialmente; al fin y al cabo, estaba muerto y nadie había hablado con él del tema de la reencarnación (aunque había oído algunas conversaciones respecto a esta posibilidad) y, aunque la reencarnación fuera posible, él preferiría renacer en algún lugar desconocido. Pero le gustaría que su mujer viviese en paz y tranquilidad los años que le quedaran en este mundo.

«Pues no te preocupes», pensó Berta. Su marido no aceptó el consejo; quería que ella hiciese alguna cosa. Si el Mal vence, aunque sea en una aldea olvidada con tres calles, una plaza y una iglesia, puede contagiar al valle, a la comarca, al país, al continente, los mares, el mundo entero.

AUNQUE TUVIESE 281 HABITANTES, SIENDO Chantal la más joven y Berta la más vieja, Viscos estaba bajo el control de media docena de personas: la dueña del hotel, que era la responsable del bienestar de los turistas, el sacerdote, responsable de las almas, el alcalde, responsable de las leyes de caza, la mujer del alcalde, responsable del alcalde y de sus decisiones, el herrero, que fue mordido por el lobo maldito y logró sobrevivir, y el dueño de la mayor parte de las tierras que rodeaban el pueblo. Además, fue él quien vetó la construcción del parque infantil, en la creencia —remota— de que Viscos volvería a crecer, y el solar estaba situado en un lugar ideal para construir una casa de lujo.

A los demás habitantes de Viscos poco les importaba lo que sucedía o dejaba de suceder en el pueblo, bastante trabajo tenían cuidando a sus ovejas, su trigo y sus familias. Eran clientes habituales del bar del hotel, iban a misa, obedecían las leyes, llevaban a arreglar sus instrumentos a la herrería y, de vez en cuando, compraban tierras.

El terrateniente jamás iba al bar; se enteró de la historia por su criada, que había estado esa noche y salió de allí excitadísima, comentando con sus amigas que el huésped del hotel era muy rico y que tal vez podía tener un hijo con él y exigirle que le cediera la mitad de su fortuna. Preocupado por el futuro —es decir, que la historia de la señorita Prym se difundiera y ahuyentara a cazadores y turistas—, había convocado una reunión de emergencia. En aquel preciso momento, mientras

Chantal se dirigía al bosque, el extranjero se perdía en sus misteriosos paseos y Berta discutía con su marido sobre si debía o no intentar salvar el pueblo, el grupo se reunía en la sacristía de la pequeña iglesia.

—Lo único que debemos hacer es llamar a la policía —dijo el terrateniente—. Está claro que ese oro no existe; creo que ese individuo pretende seducir a mi criada.

—No sabes de qué hablas porque tú no estuviste allí —respondió el alcalde—. El oro existe, la señorita Prym no arriesgaría su reputación sin tener pruebas palpables. Pero eso no cambia nada: tenemos que llamar a la policía. El extranjero debe de ser un ladrón, con la cabeza puesta a precio; a buen seguro ha venido aquí a ocultar el botín de algún robo.

—¡Menuda tontería! —dijo la mujer del alcalde—. Si fuera cierto, ese hombre procuraría ser más discreto.

—Tanto da. Debemos llamar a la policía inmediatamente.

Todos estuvieron de acuerdo. El sacerdote les sirvió unas copas de vino, para calmar los ánimos. Empezaron a pensar qué dirían a la policía, ya que, en realidad, no tenían ninguna prueba contra el extranjero; era muy posible que todo terminara con el encarcelamiento de la señorita Prym, por incitación al crimen.

—La única prueba es el oro. Sin el oro, no hay nada que hacer.

Claro. Pero ¿dónde estaba el oro? Sólo lo había visto una persona, y ella no sabía dónde estaba escondido.

El sacerdote sugirió que organizaran grupos de busca. La dueña del hotel retiró la cortina de la sacristía, que daba al cementerio; les mostró las montañas de un lado, el valle de abajo, y las montañas del otro lado.

—Necesitaríamos cien hombres durante cien años.

El terrateniente lamentó para sus adentros que hubieran construido el cementerio en ese lugar; la vista era preciosa, y a los muertos no les hacía ninguna falta.

—En otra ocasión, me gustaría hablar con usted del cementerio —dijo al sacerdote—. Le puedo proporcionar un solar mucho mayor para los muertos, cerca de aquí, a cambio del terreno que hay junto a la iglesia.

—Nadie querría comprarlo, ni vivir en un lugar donde antes reposaban los muertos.

—Tal vez nadie del pueblo, pero hay turistas que van como locos por las casas de veraneo, y sólo sería cuestión de pedir a la gente de Viscos que no dijera nada. Aportaría más dinero para el pueblo y más impuestos para el ayuntamiento.

—Tiene razón. Sólo es cuestión de que nadie diga nada. No será muy difícil.

Y, de repente, se hizo el silencio. Un largo silencio que nadie se atrevía a romper. Las dos mujeres contemplaban el paisaje, el cura se puso a abrillantar una pequeña imagen de bronce, el terrateniente se sirvió otro vaso de vino, el herrero se desató y ató los cordones de los dos zapatos. El alcalde consultaba su reloj continuamente, como si quisiera insinuar que tenía otros compromisos.

Pero nadie se movía; todos sabían que los habitantes de Viscos no dirían nada si aparecía algún comprador interesado en el terreno que albergaba el cementerio; y lo harían por el placer de ver a un nuevo vecino en un pueblo que corría el peligro de desaparecer. Sin cobrar ni un céntimo por su silencio.

«¿Os imagináis que tuviéramos dinero?».

«¿Os imagináis que tuviéramos dinero suficiente para el resto de nuestras vidas?».

«¿Os imagináis que tuviéramos dinero suficiente para el resto de nuestras vidas y las de nuestros hijos?».

En aquel preciso momento, una ráfaga de viento cálido, absolutamente inesperado, penetró en la sacristía.

—¿Qué nos propones? —dijo el sacerdote, después de cinco largos minutos.

Todos se volvieron hacia él.

—Si la gente de Viscos no dice nada, podríamos seguir adelante con las negociaciones —respondió el terrateniente, eligiendo cuidadosamente sus palabras, de modo que pudiera ser mal interpretado, o bien interpretado, dependiendo del punto de vista.

—Son buenas personas, trabajadoras y discretas —continuó la dueña del hotel, utilizando la misma estratagema—. Hoy mismo, por ejemplo, cuando el repartidor del pan quiso saber lo que estaba pasando, nadie le dijo nada. Creo que podemos confiar en ellos.

Un nuevo silencio. Sólo que esta vez era un silencio opresivo, imposible de disfrazar. A pesar de ello, siguieron el juego, y el herrero tomó la palabra.

—El problema no está en la discreción de la gente del pueblo, sino en el hecho de saber que hacerlo es inmoral e inaceptable.

—¿De hacer qué?

—Vender tierra sagrada.

Un suspiro de alivio recorrió la sala; ya podían pasar al debate moral, porque la parte práctica había avanzado bastante.

—Lo inmoral es ver la decadencia de nuestro Viscos —dijo la mujer del alcalde—. Ser conscientes de que somos los últimos habitantes del pueblo, y de que el sueño de nuestros abuelos, de los antepasados, de Ahab, de los celtas, terminará en pocos años. Y nosotros no tardaremos mucho en abandonar el pueblo, ya sea para ir a un asilo o para implorar a nuestros hijos que cuiden de unos viejos enfermos, raros, incapaces de adaptarse a la vida de la gran ciudad, nostálgicos de todo lo que han dejado atrás, tristes porque no han tenido la satisfacción de entregar a la nueva generación el regalo que recibieron de sus padres.

—Tienes razón —dijo el herrero—. Lo que es inmoral es la vida que llevamos. Cuando Viscos esté casi en ruinas, estos campos estarán abandonados o los comprarán por una miseria; llegarán las máquinas, construirán buenas carreteras. Las casas serán demolidas, almacenes de acero sustituirán aquello que fue construido con el sudor de nuestros antepasados. El campo tendrá una agricultura mecanizada, los trabajadores vendrán durante el día y de noche volverán a sus casas, que estarán muy lejos de aquí. ¡Qué vergüenza para nuestra generación! Permitimos que nuestros hijos se marcharan, fuimos incapaces de retenerlos a nuestro lado.

—¡Hemos de salvar el pueblo como sea! —exclamó el terrateniente, que tal vez era el único que saldría beneficiado con la decadencia de Viscos, puesto que podría comprarlo todo antes de revenderlo a cualquier industria importante. Pero no le interesaba vender a bajo precio unas tierras en donde podía haber una fortuna enterrada.

—¿Algún comentario, señor cura? —preguntó la dueña del hotel.

—En mi religión, que es lo único que conozco bien, el sacrificio de una sola persona salvó a toda la humanidad.

Hubo un tercer silencio, pero éste fue más breve.

—Tengo que prepararme para la misa del sábado —dijo—. Podríamos quedar a última hora de la tarde.

Se pusieron de acuerdo de inmediato, se dieron cita al final del día, parecía que todos tuvieran mucha prisa, como si algún asunto muy importante los estuviera esperando.

Sólo el alcalde conservó la sangre fría.

—Lo que acaba de decir es muy interesante, un tema excelente para un buen sermón. Creo que hoy todos nosotros deberíamos ir a misa.

CHANTAL YA NO TENÍA NINGUNA duda; se dirigía hacia la roca en forma de Y pensando en lo que haría en cuanto tuviera el oro. Volvería a casa, cogería el dinero que tenía guardado allí, se pondría ropa más resistente, bajaría por la carretera hasta el valle y haría autostop. Nada de apuestas: aquel pueblo no merecía la fortuna que había tenido al alcance de las manos. Nada de maletas, no quería que supieran que abandonaba Viscos para siempre; con sus bellas e inútiles historias, sus habitantes amables y cobardes, su bar siempre lleno de personas que hablaban siempre de lo mismo, la iglesia adonde nunca iba. Claro que cabía la posibilidad de que se encontrase con la policía esperándola en la estación de autobuses, de que el extranjero la acusara de robo, etc., etc., etc. Pero ahora estaba dispuesta a correr cualquier riesgo.

El odio que había sentido media hora antes se había transformado en un sentimiento mucho más agradable: la venganza.

Se alegraba de haber sido ella quien, por primera vez, había mostrado a todas esas personas la maldad que tenían escondida en el fondo de sus almas ingenuas y falsamente bondadosas. Todos soñaban con un posible crimen; pero sólo lo soñaban, porque nunca harían nada. Dormirían durante el resto de sus pusilánimes vidas repitiéndose a sí mismos que eran nobles, incapaces de cometer una injusticia, dispuestos a defender el orgullo de la aldea a cualquier precio, pero sabiendo que sólo el terror les había impedido matar a un inocente. Se alabarían a sí mismos todas las mañanas por haber mantenido la integridad, y todas las noches se arrepentirían de haber perdido su oportunidad.

Durante los próximos tres meses, en el bar, no se hablaría de otra cosa que de la honestidad y generosidad de los hombres y mujeres del pueblo. Inmediatamente después llegaría la temporada de caza, y pasarían un cierto tiempo sin tocar el tema. No era necesario que los forasteros estuvieran al corriente, puesto que, a ellos, les gustaba creer que se encontraban en un lugar remoto, en donde todos eran amigos, el bien imperaba, la naturaleza era generosa y los productos regionales que estaban expuestos a la venta en el pequeño estante —que la dueña del hotel llamaba la «tiendecita»— estaban impregnados de este amor desinteresado.

Pero la temporada de caza terminaría y después tendrían libertad para hablar de nuevo del tema. Esta vez, debido a las muchas tardes pasadas soñando con el dinero perdido, empezarían a imaginar hipótesis para la situación: ¿por qué nadie, amparado por la oscuridad de la noche, no había tenido valor para matar a una vieja inútil como Berta a cambio de los diez lingotes de oro? ¿Por qué no había tenido lugar un accidente de caza con el pastor Santiago, quien, todas las mañanas, llevaba su rebaño a las montañas? Barajarían varias hipótesis, primero con cierto pudor, después, con rabia.

Al cabo de un año, todos se odiarían mutuamente: el pueblo había tenido una oportunidad y la había dejado escapar. Preguntarían por la señorita Prym, que había desaparecido sin dejar rastro, tal vez llevando consigo el oro que el extranjero había escondido. Hablarían mal de ella, la huérfana, la ingrata, la pobre chica a la que todos se esforzaron por ayudar cuando murió su abuela, que trabajaba en el bar porque no había podido agenciarse un marido y desaparecer, que dormía con huéspedes del hotel, normalmente hombres mucho mayores que ella, que lanzaba miradas seductoras a todos los turistas mendigando una propina extra.

Se pasarían el resto de sus vidas entre la autoconmiseración y el odio; Chantal era feliz, ésa era su venganza. Jamás olvidaría las miradas de las personas que había alrededor de la furgoneta, implorando su silencio por un crimen que nunca se atreverían a cometer, para después volverse en su contra, como si fuera ella la culpable de que toda esa cobardía hubiera salido, finalmente, a la luz.

«Abrigo. Los pantalones de cuero. Me pongo dos camisetas, ato el oro a mi cintura. Abrigo. Los pantalones de cuero. Abrigo...».

YA SE ENCONTRABA delante de la roca en forma de Y. Junto a ella estaba la rama que había utilizado para cavar la tierra dos días antes. Saboreó por un instante el gesto que la transformaría de persona honrada en ladrona.

Nada de eso. El extranjero la había provocado, y recibiría su merecido. No estaba robando, sino cobrando su salario por desempeñar el papel de portavoz de aquella comedia de mal gusto. Se merecía aquel oro —y mucho más— por haber visto las miradas de asesinos sin crimen alrededor de la furgoneta, por haber vivido allí toda su vida, por las tres noches sin dormir, por su alma que ahora estaba perdida, si es que existe el alma y la perdición.

Cavó la tierra que ya estaba blanda y vio el lingote. Al verlo, también oyó un ruido.

La habían seguido. Automáticamente, echó un puñado de tierra en el agujero, consciente de que se trataba de un gesto inútil. Después, se volvió, dispuesta a contar que estaba buscando el tesoro en ese sendero porque sabía que el extranjero iba a pasear por allí y que hoy había notado que la tierra estaba removida.

Pero lo que vio la dejó sin habla, porque no le interesaban los tesoros, los pueblos decadentes, la justicia, ni la injusticia: sólo la sangre.

La mancha blanca en la oreja izquierda. El lobo maldito.

Se encontraba entre ella y el árbol más próximo; era imposible pasar por delante del lobo. Chantal permaneció completamente inmóvil, hipnotizada por los ojos azules del animal; su cabeza trabajaba a un ritmo frenético pensando cuál debía ser su siguiente paso. La rama: demasiado débil para contener la embestida del lobo; subir a la roca en forma de Y: demasiado baja; no creer la leyenda y asustarlo, tal como haría con cualquier otro lobo que apareciera solo: demasiado arriesgado. Más le valía creer que todas las leyendas tienen siempre una verdad escondida.

«Castigo».

Un castigo injusto, como todo lo que le había sucedido en la vida. Parecía como si Dios la hubiera elegido para demostrar su odio por el mundo.

Instintivamente, puso la rama en el suelo y, en un movimiento que le pareció eterno por lo lento, se protegió el cuello con los brazos; no podía dejar que el lobo se lo mordiera. Lamentó no llevar puestos los pantalones de cuero; el segundo lugar de más riesgo sería la pierna, por donde circula una vena que, una vez rota, la dejaría sin sangre en diez minutos; o al menos eso era lo que decían los cazadores para justificar sus botas altas.

El lobo abrió la boca y gruñó. Un gruñido sordo, peligroso, de quien no amenaza sino que ataca. Ella mantuvo la mirada fija en sus ojos, aunque el corazón se le salía por la boca, porque ya le estaba enseñando los dientes.

Todo era cuestión de tiempo; o la atacaba o se iba, pero Chantal sabía que atacaría. Estudió el terreno, buscó alguna piedra suelta que pudiera hacerla resbalar, pero no vio ninguna. Decidió salir al encuentro del animal; la mordería, correría con el lobo agarrado a su cuerpo hasta el árbol. Debería ignorar el dolor.

Pensó en el oro. Pensó que en breve volvería a buscarlo. Alimentó todas las esperanzas posibles, cualquier cosa que le diera ánimos para enfrentarse a la carne desgarrada por colmillos afilados, el hueso visible, la posibilidad de caer y ser mordida en el cuello.

Y se preparó para correr.

En ese instante, como en una película, vio que alguien aparecía por detrás del lobo, aunque estaba a una distancia considerable.

El animal también olisqueó la otra presencia, pero no movió la cabeza, y ella mantuvo la mirada fija. Parecía que era precisamente la fuerza de sus ojos lo que evitaba el ataque, y no deseaba correr ningún riesgo; si había alguien más, las posibilidades de sobrevivir aumentaban, a pesar de que eso le costaría, finalmente, su lingote de oro.

La presencia de detrás del lobo se inclinó silenciosamente y después caminó hacia la izquierda. Chantal sabía que allí había otro árbol, por el que era fácil trepar. En ese momento, una piedra cruzó el aire cayendo cerca del animal. El lobo se giró con una agilidad nunca vista, y salió disparado en dirección a la amenaza.

—¡Huye! —gritó el extranjero.

Ella corrió en dirección al único refugio que tenía a su alcance mientras el hombre se encaramaba al otro árbol, con una agilidad poco corriente. Cuando el lobo maldito llegó cerca de él, ya estaba en lugar seguro.

El lobo empezó a gruñir y a saltar, a veces conseguía subir hasta la mitad del tronco, pero resbalaba inmediatamente.

—¡Arranca unas ramas! —gritó Chantal.

Pero el extranjero parecía estar en una especie de trance. Ella se lo repitió dos o tres veces, hasta que entendió lo que le decía. El hombre empezó a arrancar ramas y a tirarlas en dirección al lobo.

—¡No hagas eso! ¡Arranca las ramas, júntalas y enciéndelas! ¡Yo no tengo encendedor, haz lo que te mando!

Su voz tenía el tono desesperado de quien se encuentra en una situación límite: el extranjero juntó las ramas pero tardó una eternidad en encender el fuego; la tormenta del día anterior lo había dejado todo húmedo, y el sol no calentaba allí en esa época del año.

Chantal esperó a que las llamas de la improvisada antorcha tomaran fuerza suficiente. Ella hubiera querido dejarlo allí durante todo el día para que se enfrentara al miedo que él quería imponer al mundo, pero tenía que salir y por ello se veía obligada a ayudarlo.

—Ahora demuestra que eres un hombre —gritó—. Baja del árbol, sujeta con fuerza la antorcha, y mantén el fuego en dirección al lobo.

El extranjero estaba paralizado.

—¡Date prisa! —gritó ella, y el hombre, al oír su voz, captó toda la autoridad que se escondía detrás de sus palabras, una autoridad que provenía del terror, de la capacidad de reaccionar rápidamente, dejando el miedo y el sufrimiento para más tarde.

Bajó con la antorcha en las manos, ignorando las chispas que, alguna que otra vez, quemaban su rostro. Vio de cerca los dientes y la espuma que salía de la boca del animal, su miedo aumentaba, pero era necesario hacer algo, algo que debería haber hecho cuando su mujer y sus hijas fueron secuestradas y asesinadas.

—¡No desvíes la mirada de los ojos del lobo! —oyó decir a la chica.

La obedeció. Todo se hacía más fácil por momentos, ya no contemplaba las armas del enemigo, sino el enemigo que tenía dentro de sí mismo. Estaban en igualdad de condiciones, ambos eran capaces de provocar terror, el uno al otro.

Puso los pies en el suelo. El lobo retrocedió, asustado por el fuego: seguía gruñendo y saltando, pero no se le acercaba.

—¡Atácalo!

El hombre avanzó en dirección al animal, que gruñó con más fuerza que nunca y le enseñó los dientes, pero retrocedió aún más.

—¡Persíguelo! ¡Aléjalo de aquí!

Las llamas habían crecido y el extranjero se dio cuenta de que, en breve, se quemaría las manos; no le quedaba mucho tiempo. Sin pensarlo mucho, manteniendo la mirada fija en aquellos siniestros ojos azules, corrió en dirección al lobo; éste dejó de gruñir y saltar, dio media vuelta y se internó de nuevo en el bosque.

Chantal bajó del árbol en un abrir y cerrar de ojos. En poquísimo tiempo había cogido un puñado de ramitas y se había hecho su propia antorcha.

—¡Vámonos! ¡Rápido!

—¿Adónde?

¿Adónde? ¿A Viscos, en donde todos los verían llegar juntos? ¿Hacia otra trampa en la que el fuego no producía el menor efecto? Ella se dejó caer en el suelo, con un inmenso dolor en la espalda y el corazón disparado.

—Enciende una hoguera —dijo al extranjero—. Y déjame pensar.

Intentó moverse y lanzó un grito; parecía que tuviera un puñal clavado en el hombro. El extranjero juntó hojas, ramas e hizo la hoguera. A cada movimiento, Chantal se retorcía de dolor, y dejaba escapar un gemido sordo; debía de haberse herido gravemente al subir al árbol.

—No te preocupes, que no tienes ningún hueso roto —dijo el extranjero, al oír sus gemidos de dolor—. Yo he pasado por esto. Cuando el organismo llega al límite de la tensión, los músculos se contraen y nos juegan esta mala pasada. Deja que te dé un masaje.

—¡No me toques! ¡No te acerques! ¡No hables conmigo!

Dolor, miedo, vergüenza. Estaba segura de que él había visto cómo desenterraba el oro; él sabía —porque el Demonio era su compañero, y los demonios conocen el alma de las personas— que esta vez Chantal pensaba robarle.

Como también sabía que, en ese instante, todo el pueblo estaba soñando con cometer el crimen. Como sabía que no harían nada, porque tenían miedo, pero con la intención bastaba para responder a su pregunta: el ser humano es esencialmente malo. Como sabía que ella pensaba huir, la apuesta que habían hecho la noche anterior ya no tenía ningún sentido, él podría volver al lugar de donde vino (¿de dónde vino?) con su tesoro intacto y sus sospechas confirmadas.

Intentó sentarse en la posición más cómoda posible, pero no había manera; sería mejor que se quedara inmóvil. El fuego mantendría alejado al lobo, pero no tardaría mucho en llamar la atención de los pastores que había por allí. Y los verían juntos.

Recordó que era sábado. Todos estarían en sus casas llenas de trastos horribles, reproducciones de cuadros famosos colgadas en las paredes, imágenes de santos de escayola, intentando distraerse. Y, aquel fin de semana, tendrían la mejor distracción desde el fin de la segunda guerra mundial.

—¡No hables conmigo!

—No he dicho nada.

Chantal tenía ganas de llorar, pero no quería hacerlo delante de él. Contuvo sus lágrimas.

—Te salvé la vida. Merezco el oro.

—Te salvé la vida. El lobo estaba a punto de atacarte.

Era cierto.

—Por otro lado, creo que has salvado algo que hay dentro de mí —continuó el extranjero.

Era un truco. Fingiría que no lo había oído; aquello era una especie de permiso para quedarse con su fortuna, largarse para siempre y punto final.

—La apuesta de ayer. Mi dolor era tan grande que quería que todos sufrieran tanto como yo; sería mi único consuelo. Tienes razón.

Al demonio del extranjero no le gustaba nada lo que estaba

oyendo. Pidió al demonio de Chantal que le ayudara, pero éste era un recién llegado, y aún no tenía el control total sobre la chica.

—¿Y eso qué cambia?

—Nada. La apuesta sigue en pie y sé que voy a ganarla. Pero entiendo lo miserable que soy, como también entiendo por qué me convertí en un miserable: porque creo que no merecía lo que me sucedió.

Chantal se preguntó a sí misma cómo saldrían de allí; aún era de mañana, pero no se podían quedar en el bosque para siempre.

—Pues yo creo que me merezco el oro y lo cogeré, a no ser que tú me lo impidas —dijo ella—. Y te aconsejo que hagas lo mismo; ni tú ni yo necesitamos volver a Viscos; podemos ir directamente al valle, hacer autostop y, después, cada uno sigue su camino.

—Puedes irte. Pero, en este momento, los habitantes de Viscos están decidiendo quién va a morir.

—Puede ser. Durante los próximos dos días discutirán sobre ello, hasta que se agote el plazo; luego, se pasarán dos años discutiendo quién debería haber sido la víctima. Son muy indecisos a la hora de actuar, e implacables a la hora de culpar a los demás; conozco a mi pueblo. Si no vuelves, ni siquiera se tomarán la molestia de discutir; creerán que todo fue invención mía.

—Viscos es igual a cualquier otra aldea del mundo, y todo lo que pasa en ella puede pasar en todos los continentes, ciudades, campamentos, conventos, no importa dónde. Pero tú no entiendes de estas cosas, como tampoco entiendes que esta vez el destino jugó a mi favor: elegí a la persona adecuada para ayudarme.

»Alguien que, bajo su apariencia de mujer trabajadora y honrada, también desea vengarse. Como no podemos ver al enemigo, porque, si miramos en el fondo de esta historia, el verdadero enemigo es Dios, que nos hizo pasar por lo que pasamos, desahogamos nuestras frustraciones en todo lo que nos rodea. Una venganza que nunca queda saciada, porque se dirige contra la propia vida.

—¿Se puede saber de qué estamos hablando? —dijo Chantal, irritada porque aquel hombre, la persona que más odiaba en el mundo, conocía muy bien su alma—. ¿Por qué no cogemos el dinero y nos vamos?

—Porque ayer me di cuenta de que, al proponer lo que más me repugna, un asesinato sin motivo, como el de mi mujer y mis hijas, en realidad, deseaba salvarme. ¿Recuerdas el filósofo que mencioné en nuestra segunda conversación? ¿Aquel que decía que el infierno de Dios es el amor que siente por los hombres, puesto que la actitud humana le atormenta a cada segundo de su vida eterna?

»Pues bien, ese mismo filósofo dijo otra cosa: "El hombre necesita de lo peor que hay en él para alcanzar lo mejor que existe en él."

—No lo entiendo.

—Antes, yo sólo pensaba en vengarme. Igual que los habitantes de tu aldea, yo soñaba, hacía planes día y noche, pero no los llevaba a cabo. Durante un cierto tiempo seguí por la prensa la reacción de personas que habían perdido a sus seres queridos de una manera similar, y todos terminaron actuando de una manera completamente distinta de la mía: formaron grupos de apoyo a las víctimas, entidades para denunciar las injusticias, campañas para demostrar que el dolor de la pérdida nunca puede ser sustituido por el fardo de la venganza...

»Yo también intenté enfocar las cosas desde un ángulo más generoso: no lo conseguí. Pero ahora que he cogido valor, que he llegado a este extremo, he descubierto, muy en el fondo, una luz.

—Sigue —dijo Chantal, porque ella también vislumbraba una luz.

—No quiero demostrar que la humanidad es perversa. Lo que sí quiero demostrar es que yo, inconscientemente, pedí las cosas que me sucedieron, porque soy malo, soy un degenerado, y merecía el castigo que la vida me impuso.

—Quieres demostrar que Dios es justo.

El extranjero pensó un poco.

—Puede ser.

—Yo no sé si Dios es justo. Pero no se ha portado muy bien conmigo, y lo que ha destruido mi alma es esta sensación de impotencia. No consigo ser tan buena como desearía, ni tan mala como creo que necesito ser. Hace unos minutos pensaba que Él me había elegido para vengarse de toda la tristeza que los hombres le causan.

»Creo que tú tienes las mismas dudas, a una escala mucho mayor: tu bondad no fue recompensada.

Chantal se sorprendía de sus propias palabras. El demonio del extranjero notaba que el ángel de la chica empezaba a brillar con más intensidad, y la situación se estaba invirtiendo por completo.

«¡Espabílate!», le decía al otro demonio.

«Ya lo hago —respondía—. Pero la batalla es dura».

—Tu problema no es exactamente la justicia de Dios

—dijo el hombre—. Sino el hecho de que siempre elegiste ser una víctima de las circunstancias. Conozco a mucha gente en esa misma situación.

—Como tú, por ejemplo.

—No. Yo me rebelé contra algo que me sucedió, y poco me importa si a la gente le gusta o no mi actitud. Tú, al contrario que yo, creíste en tu papel de huérfana, desamparada, de persona que desea ser aceptada a cualquier precio; como eso no siempre sucede, tu necesidad de ser amada se transforma en un sordo deseo de venganza. En el fondo, a ti te gustaría ser como los otros habitantes de Viscos; es más, en el fondo, todos deseamos ser iguales a los demás. Pero el destino te dio una historia diferente.

Chantal negó con la cabeza.

«¡Haz algo! —decía el demonio de Chantal a su compañero—. Aunque diga que no, su alma empieza a entender, y está diciendo que sí».

El demonio del extranjero se sentía humillado, porque el recién llegado se daba cuenta de que no era lo suficientemente fuerte para acallar al hombre.

«Las palabras no llevan a ninguna parte —respondió—. Dejemos que hablen, la vida se encargará de que actúen de una manera diferente».

—No quería interrumpirte —prosiguió el extranjero—. Por favor, sigue hablándome de la justicia de Dios.

Chantal se alegró de no tener que escuchar más aquello que no deseaba oír.

—No sé si tiene mucho sentido. Debes de haber notado

que Viscos no es un pueblo muy religioso, aunque tenga una iglesia, como los demás pueblos de la comarca. Precisamente porque Ahab, a pesar de que san Sabino lo hubiera convertido, tenía serias dudas por lo que respecta a la influencia de los curas. Como la mayor parte de los primeros habitantes de Viscos eran bandidos, creía que los sacerdotes los llevarían de vuelta a la delincuencia con sus amenazas de tormentos eternos. Quien no tiene nada que perder jamás piensa en la vida eterna.

»En cuanto apareció el primer cura, Ahab captó la amenaza. Para compensarla, instituyó un ritual que había aprendido de los judíos: el día del perdón. Pero adaptó el ritual a su manera.

»Una vez al año, la gente del pueblo se encerraba en sus casas, hacían dos listas, se volvían en dirección a la montaña más alta, y elevaban la primera lista hacia al cielo.

»—Aquí tienes, Señor, mis pecados para contigo —decían al leer la relación de faltas que habían cometido. Trapicheos en los negocios, adulterios, injusticias y cosas por el estilo—. He pecado mucho y Te pido perdón por haberte ofendido tanto.

»Después, y en ello residía la invención de Ahab, sacaban la segunda lista del bolsillo, también la elevaban hacia el cielo, con el cuerpo vuelto en dirección a la misma montaña. Y decían algo así como: «Y ésta es la lista de Tus pecados para conmigo: me hiciste trabajar más de lo necesario, mi hija enfermó a pesar de mis oraciones, me robaron cuando intenté ser honrado, sufrí más de lo necesario...».

»Una vez terminada la lectura de la segunda lista, completaban el ritual: «Fui injusto Contigo, y Tú fuiste injusto conmigo, olvida mis faltas, que yo olvidaré las Tuyas y podremos continuar juntos otro año».

—Perdonar a Dios —dijo el extranjero—. Perdonar a un Dios implacable que construye y destruye sin cesar.

—Esta conversación es demasiado íntima para mi gusto —dijo Chantal, mirando en otra dirección—. No he aprendido tanto de la vida como para poder darte lecciones de nada.

El extranjero permaneció en silencio.

«ESTO NO ME gusta nada», pensó el demonio del extranjero, que ya empezaba a ver una luz a su lado, una presencia que, de ninguna manera, pensaba admitir allí. Había alejado esa luz dos años atrás, en una de las muchas playas del mundo.

Por culpa de un exceso de leyendas, de la influencia de celtas y de protestantes, de algunos pésimos ejemplos del árabe que había pacificado el pueblo, de la constante presencia de santos y bandidos por los alrededores, el sacerdote sabía que Viscos no era un pueblo muy religioso, aunque sus habitantes fueran a bodas y bautizos (lo cual, hoy en día, era un recuerdo remoto), a funerales (cada vez más frecuentes), y a la misa de Navidad. Por lo que respecta al resto del año, pocas personas se molestaban en asistir a ninguna de las dos misas semanales (sábado y domingo, ambas a las once de la mañana); a pesar de ello, él insistía en celebrarlas, aunque sólo fuera para justificar su presencia allí. Quería dar la impresión de ser un hombre santo y ocupado.

Para su sorpresa, aquel día la iglesia estaba tan abarrotada que permitió que algunas personas se situaran alrededor del altar, de lo contrario, no habrían cabido todos. En vez de encender las estufas eléctricas que pendían del techo, se vio obligado a pedir que abrieran los dos ventanucos laterales, porque todos estaban sudando; el sacerdote se preguntaba si el sudor se debía al calor o a la tensión que reinaba en el ambiente.

Todo el pueblo estaba allí, excepto la señorita Prym —tal vez avergonzada por lo que había dicho el día anterior— y la vieja Berta, de quien todos sospechaban que se trataba de una bruja alérgica a la religión.

—En el nombre del Padre, del Hijo, y del Espíritu Santo.

Se oyó el eco de un «amén» muy fuerte. El sacerdote empezó la liturgia, cantó el introito, pidió a la beata de costumbre que hiciera la lectura, entonó solemnemente el salmo responsorial, y recitó el evangelio con voz pausada y severa. Acto seguido pidió a los que estaban en los bancos que se sentaran, los demás permanecieron de pie.

Había llegado la hora del sermón.

—En el evangelio de Lucas hay un pasaje en que un hombre importante se aproxima a Jesús y le pregunta: «Buen Maestro, ¿qué debo hacer para heredar la vida eterna? —Y, para nuestra sorpresa, Jesús responde: "¿Por qué dices que soy bueno? Nadie es bueno, sólo Dios es bueno."».

»Durante muchos años leí a menudo este pequeño fragmento, intentando comprender lo que dijo Nuestro Señor: ¿que Él no es bueno? ¿Que el cristianismo, con su concepto de caridad, se basa en las enseñanzas de alguien que se consideraba malo? Hasta que, finalmente, lo comprendí: Jesucristo, en ese momento, se refiere a su naturaleza humana; como hombre, es malo. Como Dios, es bueno.

El sacerdote hizo una pausa, esperando que sus feligreses captaran el mensaje. Se estaba engañando a sí mismo: seguía sin comprender lo que había dicho Jesucristo, ya que, si en su naturaleza humana era malo, sus palabras y gestos también deberían de serlo. Pero eso era una disquisición teológica que no interesaba en ese momento; lo importante era que su explicación fuera convincente.

—Hoy no me extenderé mucho. Quiero que comprendáis que todo ser humano debe aceptar que tiene una naturaleza inferior y perversa, y que si no hemos sido condenados al castigo eterno por ella, es porque Jesucristo se sacrificó para salvar a la humanidad. Repito: el sacrificio del hijo de Dios nos salvó. El sacrificio de una sola persona.

»Quiero terminar este sermón recordando el principio de uno de los libros sagrados que componen la Biblia: el Libro de Job. Dios está en su trono celestial y el Demonio va a conversar con Él. Dios le pregunta dónde ha estado.

»—Vengo de hacer un largo viaje por el mundo —responde el Demonio.

»—Entonces, debes de haber visto a mi siervo Job. ¿Has visto cómo me adora y cumple con todos los sacrificios?

»El Demonio se ríe y argumenta:

»—Al fin y al cabo, Job tiene de todo, ¿por qué no habría de adorar a Dios y hacer sacrificios? Quítale los bienes que le has concedido, y veremos si sigue adorando al Señor —desafía el Demonio.

»Dios acepta la apuesta. Año tras año, castiga al que más Le amaba. Job se encuentra delante de un poder que no comprende, al que consideraba la Suprema Justicia, pero que le va quitando el ganado, matando a los hijos, llenando su cuerpo de llagas. Hasta que, después de muchos sufrimientos, Job se rebela y blasfema contra el Señor. Sólo en ese momento, Dios le devuelve todo lo que le había quitado.

»Hace años que estamos presenciando la decadencia de este pueblo; y ahora se me ocurre que tal vez esto sea fruto de un castigo divino, precisamente porque siempre aceptamos lo que nos dan sin protestar, como si mereciéramos perder el lugar donde vivimos, los campos donde cultivamos el trigo, las ovejas, las casas que fueron erguidas con los sueños de nuestros ancestros. ¿No habrá llegado el momento de rebelarnos? Si Dios obligó a Job a hacerlo, ¿no nos estará pidiendo lo mismo?

»¿Por qué Dios obligó a Job a rebelarse? Para demostrar que su naturaleza era mala, y que todo lo que le concedía era por su gracia, no por su buen comportamiento. Hemos pecado de orgullo al creernos demasiado buenos, y de ahí viene el castigo que estamos sufriendo.

»Dios aceptó la apuesta del Demonio, y —aparentemente— cometió una injusticia. Acordaos de esto: Dios aceptó la apuesta del Demonio. Y Job aprendió la lección, porque, al igual que nosotros, pecaba de orgullo al creerse un hombre bueno.

»«Nadie es bueno», dice el Señor. Nadie. ¡Ya basta de fingir una bondad que ofende a Dios! Aceptemos nuestras faltas, si algún día fuera preciso aceptar la apuesta del Demonio, recordemos que Nuestro Señor, que está en los cielos, lo hizo para salvar el alma de su siervo Job.

EL SERMÓN HABÍA terminado. El sacerdote pidió que se levantaran, y siguió con el oficio religioso. No tenía ninguna duda de que todos habían comprendido el mensaje.

—¡VÁMONOS! CADA UNO POR SU lado, yo con mi lingote de oro y tú...

—Con mi lingote de oro —la interrumpió el extranjero.

—Tú sólo tienes que coger tus cosas y desaparecer. Si yo no consigo el oro, tendré que volver a Viscos. Me despedirán, o seré estigmatizada por todo el pueblo. Creerán que mentí. No puedes, simplemente, no puedes hacerme esto. Merezco este pago por mi trabajo.

El extranjero se levantó y cogió algunas de las ramas que ardían en la hoguera.

—El lobo siempre huye del fuego, ¿no? Voy a Viscos. Tú puedes hacer lo que te apetezca, róbame el oro y huye, tanto me da. Tengo cosas más importantes que hacer.

—¡Un momento! ¡No me dejes aquí sola!

—Pues ven conmigo.

Chantal miró la hoguera que tenía ante sí, la roca en forma de Y, el extranjero que se alejaba llevándose consigo una parte del fuego. Podía hacer lo mismo: coger algunas ramas de la hoguera, desenterrar el oro, e ir directamente hacia el fondo del valle; no hacía falta volver a casa para buscar los ahorrillos que había guardado con tanto cuidado. En cuanto llegara a la ciudad que había al final del valle pediría al banco que valorasen el oro, lo vendería, compraría ropa y maletas, sería libre.

—¡Espérame! —gritó al extranjero, pero el hombre seguía andando en dirección a Viscos, no tardaría nada en perderle de vista.

«Piensa rápido», se decía a sí misma.

No tenía mucho en que pensar. Ella también cogió unas ramas de la hoguera, se acercó a la roca y volvió a desenterrar el oro. Lo cogió, lo limpió con su vestido, y lo contempló por tercera vez.

En ese momento fue presa del pánico. Agarró un puñado de leña de la hoguera, y corrió en dirección al camino que el extranjero ya debía de estar recorriendo, transpirando odio por todos sus poros. Se había topado con dos lobos en un mismo día, al primero le asustaba el fuego, al segundo, ya no le asustaba nada, porque había perdido todo lo que era importante para él, y ahora avanzaba, ciegamente, con la intención de destruir todo lo que se interpusiera en su camino.

Corrió tanto como pudo, pero no lo encontró. Debía de estar en el bosque, con la antorcha apagada, desafiando al lobo maldito; deseando morir con tanta intensidad como deseaba matar.

Llegó al pueblo, fingió que no oía a Berta, que la llamaba, se cruzó con el gentío que salía de la iglesia y le extrañó que prácticamente todo el pueblo hubiera ido a misa. El extranjero quería un crimen y había terminado por llenar la agenda del cura; sería una semana plagada de confesiones y arrepentimientos, ¡como si fuera posible engañar a Dios!

Todos la miraron pero nadie le dirigió la palabra. Ella resistió cada una de las miradas, porque sabía que no era culpable de nada, que no necesitaba confesarse, sólo era el instrumento de un juego maligno que, poco a poco, empezaba a entender, y no le gustaba nada lo que estaba viendo.

Se encerró en su cuarto y miró por la ventana. El gentío ya se había dispersado: de nuevo estaba pasando algo raro; la aldea estaba demasiado desierta para un sábado de sol como aquél. En general, la gente se quedaba charlando en pequeños grupos, en la plaza donde estuvo la horca y ahora había una cruz.

Se quedó un buen rato contemplando la calle vacía, sintiendo en su rostro el sol que no calentaba, porque el invierno estaba empezando. Si la gente estuviera en la plaza, estarían hablando justamente de eso, del tiempo. De la temperatura. De la amenaza de lluvia o de sequía. Pero hoy todos estaban en sus casas, y Chantal no sabía por qué.

Cuanto más contemplaba la calle, más se sentía igual a todas aquellas personas; precisamente ella, que se juzgaba distinta, atrevida, llena de proyectos que nunca habían pasado por la cabeza de aquellos campesinos.

¡Qué vergüenza! Y, al mismo tiempo, qué alivio; no estaba en Viscos por una injusticia del destino, sino porque se lo merecía, siempre había creído ser diferente, y ahora se daba cuenta de que era igual que ellos. Ya había desenterrado el lingote tres veces, pero había sido incapaz de llevárselo consigo. Cometía el robo de pensamiento, pero no conseguía materializarlo en la realidad.

Aunque supiera que no debía cometerlo de ninguna manera, porque aquello no era una tentación, sino una trampa.

«¿Por qué una trampa?», pensó. Algo le decía que había visto en el lingote la solución al problema que había generado el extranjero. Pero, por más que se esforzaba, no conseguía averiguar cuál era esa solución.

El demonio recién llegado miró al lado de la chica, y vio que la luz de la señorita Prym, que antes amenazaba con crecer, casi había desaparecido; ¡qué lástima que su compañero no estuviera allí para presenciar su victoria!

Lo que él no sabía era que los ángeles también tienen sus estrategias: en ese momento, la luz de la señorita Prym se había ocultado para no despertar la reacción de su enemigo. Todo lo que necesitaba su ángel era que ella durmiera un poco, para poder conversar con su alma sin la interferencia de los miedos y las culpas que a los seres humanos les gusta tanto arrastrar.

Chantal durmió. Y oyó lo que necesitaba oír, y entendió lo que debía entender.

—NO HACE FALTA HABLAR DE terrenos ni de cementerios —dijo la mujer del alcalde en cuanto se volvieron a encontrar en la sacristía—. Hablemos claramente.

Los otros cinco estuvieron de acuerdo.

—El señor cura me ha convencido —dijo el terrateniente—. Dios justifica ciertos actos.

—No seas cínico —replicó el sacerdote—. Cuando hemos mirado por la ventana, lo hemos entendido todo. Por eso ha soplado el viento cálido; el Demonio ha venido a hacernos compañía.

—Sí —el alcalde, que no creía en demonios, le dio la razón—. Todos nosotros ya estábamos convencidos de ello. Mejor será que hablemos claro o perderemos un tiempo precioso.

—Tomo la palabra —dijo la dueña del hotel—. Estamos pensando en aceptar la propuesta del extranjero, en cometer un crimen.

—Ofrecer un sacrificio —matizó el sacerdote, más acostumbrado a los rituales religiosos.

El silencio que siguió demostró que todos estaban de acuerdo.

—Sólo los cobardes se esconden detrás del silencio. Vamos a rezar en voz alta, para que Dios nos escuche y sepa que lo hacemos por el bien de Viscos. Arrodillaos.

Todos se arrodillaron a disgusto, sabiendo que era inútil pedir perdón a Dios por un pecado que cometían con plena conciencia del mal que iban a causar. Pero se acordaron del día del perdón de Ahab; en breve, cuando llegara ese día, acusarían a Dios de haberles puesto delante una tentación muy difícil de resistir.

El sacerdote les pidió que rezaran todos juntos.

—Señor, Tú que dijiste que nadie es bueno, acéptanos con nuestras imperfecciones, y perdónanos en Tu infinita generosidad y en Tu infinito amor. Así como perdonaste a los cruzados que mataron musulmanes para reconquistar la Tierra Santa de Jerusalén, así como perdonaste a los Inquisidores que querían preservar la pureza de Tu Iglesia, así como perdonaste a aquellos que Te injuriaron y Te clavaron en una cruz, perdónanos porque nos vemos obligados a ofrecer un sacrificio para salvar al pueblo.

—Pasemos a la parte práctica —dijo la mujer del alcalde, levantándose—. ¿Quién será ofrecido en holocausto? ¿Y quién ejecutará el sacrificio?

—La chica a quien tanto hemos ayudado y apoyado nos ha traído al Demonio —dijo el terrateniente, que no hacía mucho se había acostado precisamente con esa chica y desde entonces le atormentaba la posibilidad de que un día ella contara lo sucedido a su mujer—. El mal se combate con el mal, y ella debe ser castigada.

Otras dos personas estuvieron de acuerdo con él, alegando que, además, la señorita Prym era la única persona de la aldea en quien no podían confiar, ya que se consideraba distinta de los demás y siempre decía que algún día se marcharía.

—Su madre murió, su abuela murió. Nadie la echará de menos —afirmó el alcalde, que se convirtió en la tercera persona que aprobó la idea.

Pero su mujer se opuso.

—Vamos a suponer que sabe dónde se encuentra el tesoro; al fin y al cabo, es la única que lo ha visto. Además, podemos confiar en ella por lo que hemos hablado aquí; fue ella quien nos trajo el mal, quien indujo a todo un pueblo a pensar en un crimen. Puede decir lo que le plazca; si el resto del pueblo calla, será la palabra de una joven problemática contra la de todos nosotros, las personas que hemos conseguido ser algo en la vida.

El alcalde se sintió inseguro, como todas las veces en que su mujer daba su opinión.

—¿Por qué quieres salvarla, si te cae mal?

—Ya lo entiendo —dijo el sacerdote—. Para que la culpa recaiga sobre la cabeza de quien provocó la tragedia. Ella cargará con ese fardo durante el resto de sus días y de sus noches; tal vez acabe como Judas, que traicionó a Jesucristo y después se suicidó, en un gesto desesperado e inútil, puesto que había sido él quien había creado las condiciones favorables para el crimen.

A la mujer del alcalde le sorprendió el razonamiento del cura; era exactamente lo que ella había pensado. La chica era bonita, tentaba a los hombres, no aceptaba llevar una vida igual a la de los demás habitantes de Viscos, siempre se quejaba por vivir en una aldea en donde, a pesar de sus defectos, había personas trabajadoras y honradas, y en donde a muchas personas les encantaría residir (extranjeros, claro está, que se marcharían poco después de descubrir lo aburrido que es vivir constantemente en paz).

—No se me ocurre nadie más —dijo la dueña del hotel,

consciente del problema que representaría encontrar otra camarera para el bar, pero comprendió que con la parte que le correspondería del oro podría cerrar el hotel e irse muy lejos—. Los campesinos y los pastores están muy unidos, algunos están casados, muchos tienen hijos lejos de aquí, que podrían sospechar si les pasaba algo. La señorita Prym es la única que puede desaparecer sin dejar rastro.

Por motivos religiosos —al fin y al cabo, Jesús maldecía a los que acusaban a un inocente—, el sacerdote no quería indicar a nadie. Pero tenía muy claro quién era la víctima adecuada, y debía ingeniárselas para que los demás llegaran a la misma conclusión.

—Los vecinos de Viscos trabajan de sol a sol, de lluvia a lluvia. Todos tienen alguna tarea que cumplir, incluso esta pobre chica que el demonio ha utilizado para sus malignos propósitos. Queda muy poca gente y no podemos permitirnos el lujo de perder otro par de brazos.

—En ese caso, señor cura, ya no tenemos víctima. Tendremos que rezar para que aparezca otro forastero esta noche y, aun así, sería peligroso, porque seguramente tendría una familia que lo buscaría por todas partes. En Viscos, todos los pares de brazos trabajan y ganan con mucho esfuerzo el pan que trae la furgoneta.

—Tenéis razón —dijo el sacerdote—. Tal vez todo lo que hemos vivido desde ayer no sea más que una ilusión. En este pueblo, todos tienen alguien que les echaría en falta y nadie aceptará que dañen a un ser querido. Sólo tres personas dormimos solas: la señora Berta, la señorita Prym y yo.

—¿Se está ofreciendo en sacrificio, padre?

—Lo que sea por el bien del pueblo.

Las cinco personas restantes se sintieron aliviadas; de repente, se dieron cuenta de que era un sábado soleado y de que ya no había crimen sino martirio. La tensión en la sacristía desapareció como por arte de magia, y la dueña del hotel sintió un impulso de besar los pies de aquel santo.

—Pero hay un problema —continuó el sacerdote—. Tendréis que convencer a todos de que matar a un ministro de Dios no es un pecado mortal.

—¡Explíquelo usted a la gente de Viscos! —dijo el alcalde, muy animado porque ya estaba pensando en las reformas que llevaría a cabo con el dinero, en la publicidad que pondría en los periódicos de la comarca, atrayendo a nuevas inversiones porque los impuestos habían bajado, llamando la atención de los turistas porque pensaba subvencionar algunas mejoras en el hotel y también pensaba instalar un cable telefónico nuevo que no diera los problemas del actual.

—No puedo hacerlo —dijo el sacerdote—. Los mártires se ofrecían cuando el pueblo quería matarlos. Pero jamás provocaron su propia muerte, porque la Iglesia siempre ha dicho que la vida es un don de Dios. Tendréis que explicárselo vosotros.

—Nadie nos va a creer. Pensarán que somos unos asesinos de la peor calaña, que matamos a un santo por dinero, tal como hizo Judas con Jesucristo.

El sacerdote se encogió de hombros. De nuevo parecía que el sol había desaparecido y que la tensión volvía a la sacristía.

—En ese caso, sólo nos queda la señora Berta —comentó el terrateniente.

Después de una larga pausa, le tocó hablar al sacerdote.

—Esa mujer debe sufrir mucho por la ausencia de su marido: durante todos estos años se ha pasado la vida sentada delante de su casa, enfrentándose a la intemperie y al tedio. No hace otra cosa que sentir nostalgia, y creo que la pobre se está volviendo loca poco a poco: muchas veces he pasado junto a ella y la he visto hablar sola.

De nuevo sopló una ráfaga de viento, muy rápida, y los allí reunidos se asustaron porque las ventanas estaban cerradas.

—Su vida ha sido muy triste —dijo la dueña del hotel—. Creo que ella lo daría todo para poder reunirse con su amado esposo. ¿Sabíais que estuvieron casados durante cuarenta años?

Claro que lo sabían, pero aquello no venía a cuento.

—Es vieja, ha llegado al final de su vida —añadió el terrateniente—. Es la única persona de este pueblo que no hace nada importante. Una vez le pregunté por qué estaba siempre a la puerta de su casa, incluso en invierno; ¿sabéis qué respondió? Que vigilaba el pueblo, de esta manera sería la primera de enterarse cuando llegara el mal aquí.

—Por lo visto no desempeñó bien su trabajo.

—Al contrario —dijo el sacerdote—. Por lo que se desprende de vuestra conversación, quien dejó entrar el mal es quien debe echarlo.

Otro silencio. Todos habían comprendido que la víctima ya había sido elegida.

—Sólo falta un último detalle —comentó la mujer del alcalde—. Ya sabemos cuándo será ofrecido el sacrificio en nombre del bienestar del pueblo. Ya sabemos quién será; gracias a este sacrificio, una alma buena subirá al cielo y volverá a ser feliz, en lugar de seguir sufriendo en esta tierra. Sólo nos queda saber cómo lo llevaremos a cabo.

—Intenta hablar con todos los hombres del pueblo —dijo

el sacerdote al alcalde—, y convoca una asamblea en la plaza a las nueve de la noche. Creo saber cómo hacerlo, un poco antes de las nueve, pasa por aquí: tenemos que hablar a solas.

Antes de que se fueran todos pidió a las dos mujeres presentes que, mientras se celebrase la asamblea, se acercaran a casa de Berta y le dieran conversación. A pesar de que la vieja nunca salía de noche, toda precaución era poca.

CHANTAL LLEGÓ AL BAR A su hora. No había nadie.

—Esta noche hay una asamblea en la plaza —comentó la dueña del hotel—. Sólo para hombres.

No hacía falta decir nada más. Ella ya sabía lo que estaba pasando.

—¿Seguro que viste el oro?

—Sí. Pero deberíais pedir al extranjero que lo traiga aquí. Podría ser que, en cuanto consiga lo que quiere, decida desaparecer.

—No está loco.

—Sí, lo está.

La dueña del hotel pensó que era una buena idea. Subió a la habitación del extranjero y bajó a los diez minutos.

—Está de acuerdo. Dice que lo tiene escondido en el bosque, lo traerá mañana.

—Así pues, hoy no hace falta que trabaje.

—¡Claro que sí! Debes cumplir con tu contrato.

La mujer no sabía cómo abordar el asunto que habían discutido durante la tarde, pero era importante conocer la opinión de la chica.

—Todo esto me trae de cabeza —dijo—. Y, al mismo tiempo, comprendo que la gente necesite pensarlo dos, diez veces lo que debe hacer.

—Pueden pensarlo veinte o doscientas veces, pero no tendrán valor para hacerlo.

—Quizás —dijo la dueña del hotel—. Pero, si decidieran hacerlo, ¿tú qué harías?

La mujer quería saber su opinión, y Chantal se dio cuenta de que el extranjero estaba más cerca de la verdad que ella, que hacía tanto tiempo que vivía en Viscos. ¡Una asamblea en la plaza! Lástima que hubieran desmontado la horca.

—¿Qué harías? —insistió la mujer.

—No pienso responder a esta pregunta —replicó, aunque sabía exactamente lo que haría—. Sólo te diré que el mal nunca ha traído nada bueno. Yo misma he tenido ocasión de comprobarlo esta tarde.

A la dueña del hotel no le hacía ninguna gracia que no respetaran su autoridad, pero creyó más prudente no discutir con la chica y crearse una enemistad que podía traer problemas en un futuro. Dijo que tenía que poner la contabilidad al día (comprendió de inmediato que la excusa era absurda, puesto que sólo había un huésped en el hotel) y la dejó sola en el bar. Se sentía tranquila; la señorita Prym no había dado muestras de rebeldía, ni siquiera después de mencionarle la asamblea en la plaza, lo cual demostraba que algo diferente estaba sucediendo en Viscos. Aquella chica también necesitaba mucho dinero, tenía toda una vida por delante, a buen seguro que le gustaría seguir los pasos de sus amigos de la infancia, que ya se habían ido del pueblo.

Y aunque no estuviera dispuesta a cooperar, al menos no parecía tener intención de interferir.

El sacerdote tomó una cena frugal y se sentó en un banco de la iglesia. El alcalde estaba a punto de llegar.

Contempló las paredes encaladas, el altar sin ninguna obra de arte importante, lleno de reproducciones baratas de santos que —en un pasado remoto— habían vivido en la zona. La población de Viscos nunca había sido muy religiosa, a pesar de que san Sabino había sido el responsable de la resurrección del pueblo; pero la gente olvidaba esas cosas y prefería pensar en Ahab, en los celtas y en las supersticiones milenarias de los campesinos, sin entender que basta un gesto, un simple gesto, para la redención: aceptar a Jesús como el único Salvador de la Humanidad.

Horas antes se había ofrecido a sí mismo para el martirio. Había sido una jugada arriesgada, pero estaba dispuesto a llegar hasta el final, a entregarse en holocausto, si las personas no fueran tan insignificantes, tan fácilmente manipulables.

«No es cierto. Son insignificantes, pero no tan fácilmente manipulable». Tanto es así que, gracias al silencio y a los juegos de palabras, le habían obligado a decir lo que deseaban escuchar: el sacrificio que redime, la víctima que salva, la decadencia que se transforma nuevamente en gloria. Él había fingido dejarse utilizar por las personas pero, en realidad, había dicho lo que pensaba.

Lo habían educado desde pequeño para el sacerdocio, y aquélla era su verdadera vocación. A los veintiún años, ya había sido ordenado sacerdote, e impresionaba a todos por su don de palabra y por la capacidad para administrar su parroquia. Rezaba todas las noches, consolaba a los enfermos, visitaba los presidios, daba de comer a los hambrientos, tal como mandaban las sagradas escrituras. Poco a poco, su fama se extendió por toda la comarca, y llegó a oídos del obispo, un hombre conocido por su sabiduría y equidad.

Éste lo invitó, junto con otros sacerdotes jóvenes, a una cena. Comieron, conversaron sobre temas diversos y, al final, el obispo —un anciano que tenía dificultades para andar— se levantó y fue a servir agua a cada uno de los presentes. Todos la rechazaron, menos él, que pidió que le llenara el vaso hasta el borde.

Uno de los sacerdotes susurró de manera que el obispo pudiera oírlo: «Todos hemos rechazado el agua porque sabemos que somos indignos de beber de las manos de este santo. Sólo uno de nosotros no se ha dado cuenta del sacrificio que nuestro superior está haciendo, al cargar esta botella tan pesada».

Cuando volvió a sentarse, el obispo dijo:

—Vosotros, que os creéis tan santos, no habéis tenido la humildad de recibir, y yo no he tenido la alegría de dar. Sólo uno de entre vosotros ha permitido que el bien se manifestara.

Esa misma noche lo nombró rector de una parroquia más importante.

Los dos se hicieron amigos, y se veían a menudo. Siempre que tenía dudas recurría al que llamaba «su padre espiritual» y, normalmente, quedaba satisfecho con sus respuestas. Una tarde, por ejemplo, se sentía muy angustiado, puesto que no tenía ninguna certeza de que sus obras agradaran a Dios. Fue a ver al obispo, y le preguntó qué debía hacer.

—Abraham aceptaba a los forasteros, y Dios estaba contento —le respondió—. A Elías no le gustaban los forasteros, y Dios estaba contento. David estaba orgulloso de lo que hacía, y Dios estaba contento. El publicano que estaba ante el altar se avergonzaba de lo que hacía, y Dios estaba contento. Juan Bautista se fue al desierto, y Dios estaba contento. Pablo fue a las grandes ciudades del imperio romano, y Dios estaba contento. ¿Cómo quieres que sepa lo que hará feliz a Dios Todopoderoso? Haz lo que te diga el corazón, y Dios estará contento.

Al día siguiente de esta conversación, el obispo —su gran mentor espiritual— murió de un infarto fulminante. El sacerdote interpretó la muerte del obispo como una señal y decidió obedecer puntualmente lo que le había recomendado: seguir los dictados de su corazón. Unas veces daba limosna a los mendigos, otras les decía que se pusieran a trabajar. Unas veces hacía un sermón muy serio, otras cantaba con sus feligreses. Su comportamiento llegó a oídos del nuevo obispo, que le pidió que fuera a verlo.

Cuál no sería su sorpresa al descubrir que se trataba de aquel que, años atrás, había hecho el comentario respecto al agua que servía su superior.

—Sé que tienes a tu cargo una parroquia importante —dijo el nuevo obispo, con ironía en los ojos—. Y que durante todos estos años has sido un buen amigo de mi predecesor. Quizás aspirabas al obispado.

—No —respondió el sacerdote—. Aspiraba a la sabiduría.

—Pues ya debes de ser un hombre muy culto. Pero he oído historias muy raras respecto a ti: unas veces das limosna, otras niegas la ayuda que nuestra Iglesia está obligada a dar.

—Mis pantalones tienen dos bolsillos, en cada uno hay

un papel escrito, pero sólo guardo el dinero en el bolsillo izquierdo.

El nuevo obispo quedó muy intrigado con esa historia; ¿qué decían los papeles?

—En el del bolsillo derecho escribí: «No soy nada más que polvo y cenizas». En el del izquierdo, donde guardo el dinero, el papel dice: «Soy la manifestación de Dios en la Tierra». Cuando veo miseria e injusticia, meto la mano en el bolsillo izquierdo y presto ayuda. Cuando veo pereza e indolencia, meto la mano en el bolsillo derecho y veo que no tengo nada que ofrecer. De esta manera equilibro el mundo material con el espiritual.

El nuevo obispo le dio las gracias por aquella imagen tan bella de la caridad y le dijo que ya podía regresar a su parroquia, pero que pensaba reestructurar toda la comarca. Al cabo de poco tiempo recibió la notificación de su traslado a Viscos.

Captó el mensaje inmediatamente: envidia. Pero había hecho la promesa de servir a Dios en cualquier parte, y se encaminó a Viscos lleno de humildad y fervor; era un nuevo desafío que debía superar.

Pasó un año. Y otro. Al cabo de cinco años, aún no había conseguido atraer a más fieles a la iglesia, por mucho que se esforzara; en el pueblo gobernaba un fantasma del pasado, un tal Ahab, y nada de lo que él dijera tenía más importancia que las leyendas que circulaban por allí.

Pasaron diez años. Al final del décimo año se percató de su error: había transformado en arrogancia su búsqueda de la sabiduría. Estaba tan convencido de la justicia divina, que no había sabido equilibrarla con el arte de la diplomacia. Creía vivir en un mundo en donde Dios está en todas partes y descubrió que se encontraba entre personas que a menudo no Lo dejaban entrar.

Al cabo de quince años comprendió que nunca saldría de allí: el antiguo obispo era ya un importante cardenal, trabajaba en el Vaticano, tenía grandes posibilidades de ser elegido papa, y jamás permitiría que un sacerdote de pueblo hiciera correr la voz de que lo había exiliado por envidia y celos.

Por aquel entonces, ya se había contagiado de la absoluta falta de estímulo; nadie puede resistir la indiferencia durante tantos años. Pensó que, si hubiera colgado los hábitos en el momento oportuno, podría haber sido mucho más útil a Dios; pero había pospuesto la decisión indefinidamente, creyendo que su situación cambiaría; y ahora ya era tarde, no tenía ningún tipo de contacto con el mundo.

Una noche, pasados veinte años, se despertó desesperado; su vida había sido completamente inútil. Sabía lo mucho de que era capaz y lo poco que había llevado a cabo. Recordó los papeles que solía llevar en los bolsillos y se dio cuenta de que siempre metía la mano en el lado derecho. Quiso ser sabio, pero no fue político. Quiso ser justo, y no fue sabio. Quiso ser político, pero no fue audaz.

«¿Dónde está Tu generosidad, Señor? ¿Por qué me has hecho a mí lo mismo que le hiciste a Job? ¿Jamás volveré a tener una buena ocasión en mi vida? ¡Dame otra oportunidad!».

Se levantó y abrió la Biblia al azar, tal como tenía por costumbre hacer cuando necesitaba una respuesta. Salió el fragmento en que, durante la última cena de Jesucristo, éste pide al traidor que le entregue a los soldados que lo estaban buscando.

El sacerdote pasó horas pensando en lo que acababa de leer: ¿por qué Jesús pedía al traidor que cometiera un pecado?

«Para que se cumplieran las escrituras», dirían los doctores de la Iglesia. Aun así, ¿cómo era posible que Jesús indujera a un hombre al pecado y a la condena eterna?

Jesús jamás haría algo así; en realidad, el traidor era otra víctima, igual que Él. El Mal debía manifestarse y cumplir con su papel para que el Bien pudiese vencer al final. Si no había traición, no habría cruz, las escrituras no se cumplirían y el sacrificio no serviría de ejemplo.

Al día siguiente, un extranjero llegó al pueblo, como otros tantos que llegaban y se marchaban; el sacerdote no le dio ninguna importancia, no lo relacionó con la petición que había hecho a Jesús, ni con el fragmento que había leído. Cuando le oyó contar la historia de los modelos que Leonardo da Vinci utilizó para pintar La última cena recordó que era el mismo texto que había leído en la Biblia, pero creyó que se trataba de una mera coincidencia.

Pero cuando la señorita Prym les habló de la propuesta, comprendió que Dios había escuchado su plegaria.

El Mal debía manifestarse para que el Bien pudiera, finalmente, conmover el corazón de aquella gente. Por primera vez desde que había llegado a aquella parroquia, había visto su iglesia llena a rebosar. Por primera vez, las fuerzas vivas del pueblo habían entrado en la sacristía.

«Es necesario que el Mal se manifieste para que comprendan el valor del Bien». A aquellas personas les pasaría lo mismo que al traidor de la Biblia, quien, poco después de haber consumado su traición, se percató del alcance de su acto: estaba convencido de que todos se arrepentirían de tal manera que sólo encontrarían refugio en la Iglesia y Viscos se convertiría —después de tantos años— en un pueblo religioso.

Le cupo a él hacer el papel de instrumento del Mal; éste era el gesto de más profunda humildad que podía ofrendar a Dios.

EL ALCALDE LLEGÓ, tal como habían quedado.

—Quiero saber lo que debo decir, señor cura.

—Deja que sea yo quien hable en la asamblea —le respondió.

El alcalde dudó; al fin y al cabo, él era la mayor autoridad en Viscos, y no le gustaría que un extraño tratara públicamente de un tema de tanta importancia. Aunque el sacerdote llevara veinte años viviendo en Viscos, no había nacido allí, y no conocía todas las historias locales; por sus venas no corría la sangre de Ahab.

—Creo que, tratándose de un asunto de tanta gravedad, es preferible que sea yo quien hable con el pueblo —dijo.

—De acuerdo. Mejor así, porque podría salir mal, y no quiero que la Iglesia se vea implicada en ello. Te explicaré mi plan y tú te encargarás de hacerlo público.

—Pensándolo bien, si el plan es suyo, es más justo y más honesto dejar que usted lo comparta con todos.

«El miedo, siempre el miedo —pensó el sacerdote—. Para dominar a un hombre, basta con meterle miedo en el cuerpo».

Las dos señoras llegaron a casa de Berta poco antes de las nueve, y la encontraron haciendo ganchillo en la salita de estar.

—El pueblo está distinto, esta noche —dijo la anciana—. Hay mucha gente por la calle, he oído mucho ruido de pasos: el bar es demasiado pequeño para tanto movimiento.

—Son los hombres —respondió la dueña del hotel—. Se dirigen a la plaza, para discutir lo que debemos hacer con el extranjero.

—Ya entiendo. Pero no creo que haya mucho que discutir: o aceptan su propuesta o dejan que se vaya dentro de dos días.

—¡Jamás aceptaríamos su propuesta! —replicó la mujer del alcalde, indignada.

—¿Por qué? Me han dicho que esta mañana el cura ha leído un magnífico sermón en el que decía que el sacrificio de un hombre salvó a la humanidad, y que Dios aceptó una apuesta del Demonio y castigó a su servidor más fiel. ¿Qué tiene de malo que los habitantes de Viscos consideren la propuesta del extranjero como, por así decirlo, un negocio?

—¡¿No estarás hablando en serio?!

—Claro que estoy hablando en serio. Sois vosotras las que intentáis engañarme.

Las dos mujeres pensaron en levantarse e irse; pero era demasiado arriesgado.

—Por cierto, ¿a qué debo el honor de vuestra visita? Esto es nuevo para mí.

—Hace un par de días, la señorita Prym nos dijo que había oído aullar al lobo maldito.

—Todos sabemos que lo del lobo maldito es una ridícula excusa del herrero —dijo la dueña del hotel—. A buen seguro que fue al bosque con alguna mujer del pueblo vecino, intentó propasarse, ella se defendió y él nos vino con ese cuento. Pero, por si acaso, hemos preferido pasar para asegurarnos de que todo estaba bien.

—Todo está en orden. Estoy haciendo un mantel, aunque no sé si podré terminarlo; podría morir mañana mismo.

Hubo un momento de tensión.

—Ya sabéis que los viejos podemos morir de un momento a otro.

La situación volvió a la normalidad. O casi.

—Aún es pronto para pensar en eso.

—Quizás. Nunca se sabe. Pero resulta que este tema ha ocupado la mayor parte de mis pensamientos de hoy.

—¿Por alguna razón en especial?

—¿Debería tenerla?

La dueña del hotel necesitaba cambiar de tema, pero debía hacerlo con mucho cuidado. En ese momento, la reunión ya debía de haber empezado, y terminaría en pocos minutos.

—Creo que, con la edad, la gente acaba por entender que la muerte es inevitable. Y debemos aprender a enfrentarnos a ella con serenidad, sabiduría y resignación: a menudo nos alivia de sufrimientos inútiles.

—Tienes toda la razón —respondió Berta—. Precisamente he estado pensando en ello durante toda la tarde. ¿Y sabéis a qué conclusión he llegado? Que me da miedo, me da muchísimo miedo morir. Y no creo que sea mi hora.

El ambiente era cada vez más oprimente, y la mujer del alcalde se acordó de la discusión en la sacristía; hablaban de un tema, pero en realidad se referían a otra cosa.

Ninguna de las dos sabía cómo iba la asamblea de la plaza; nadie conocía el plan del cura ni la reacción de los hombres de Viscos. Era inútil tener una conversación más sincera con Berta; además, nadie acepta la muerte sin una reacción desesperada. Mentalmente, tomó nota del problema: si decidían matar a aquella mujer, deberían encontrar la manera de hacerlo sin que hubiera una lucha violenta, sin dejar pistas para futuras investigaciones.

Desaparecer. Aquella vieja tenía que desaparecer; no podían enterrar su cuerpo en el cementerio ni abandonarlo en el bosque; una vez que el extranjero hubiera constatado que se había cumplido su deseo, deberían quemarlo y esparcir sus cenizas en las montañas. En la teoría y en la práctica, era ella quien fertilizaría de nuevo aquella tierra.

—¿En qué estás pensando? —Berta interrumpió sus pensamientos.

—En una hoguera —respondió la mujer del alcalde—. En una linda hoguera que caliente nuestros cuerpos y nuestros corazones.

—¡Menos mal que no estamos en la Edad Media! ¿Sabéis que algunas personas del pueblo creen que soy una bruja?

Era imposible mentir, porque la vieja desconfiaría; las dos mujeres asintieron con la cabeza.

—Si estuviéramos en la Edad Media, podrían querer quemarme, así, sin más, sólo porque alguien habría decidido culparme de algo.

«¿Qué está pasando? —pensaba la dueña del hotel—. ¿Y

si nos ha traicionado alguien? ¿Y si la mujer del alcalde, que ahora está a mi lado, ya ha venido antes y se lo ha contado todo? ¿Y si el cura se ha arrepentido y ha venido a confesarse con una pecadora?».

—Os agradezco mucho la visita, pero me encuentro bien, gozo de buena salud y estoy dispuesta a hacer todos los sacrificios necesarios, inclusive estas dietas alimenticias tan tontas para rebajar el colesterol, porque deseo continuar viviendo durante mucho tiempo.

Berta se levantó y abrió la puerta. Las dos mujeres se despidieron de ella. La asamblea de la plaza aún no debía de haber terminado.

—Estoy muy contenta de que hayáis venido, por ahora dejaré de hacer ganchillo y me iré a la cama. Y, para ser sincera, yo sí creo en el lobo maldito; como vosotras sois jóvenes, ¿verdad que no os importa quedaros por aquí hasta que haya terminado la asamblea, para asegurarnos que no se acerque a mi puerta?

Las dos estuvieron de acuerdo, le dieron las buenas noches, y Berta entró en su casa.

—¡Lo sabe! —dijo bajito la dueña del hotel—. ¡Se lo han contado! ¿Te has fijado en el tono irónico de su voz? ¡Se ha dado cuenta de que hemos venido para vigilarla!

—Es imposible. Nadie sería tan loco de contárselo. A no ser...

—A no ser, ¿qué?

—Que sí sea una bruja. ¿Te acuerdas de la ráfaga de viento que ha soplado mientras hablábamos?

—Las ventanas estaban cerradas...

A las dos mujeres se les encogió el corazón y siglos de

supersticiones salieron a la superficie. Si se trataba realmente de una bruja, su muerte, en lugar de salvar al pueblo, lo destruiría completamente.

Eso decían las leyendas...

BERTA APAGÓ LA luz y contempló a las mujeres desde su ventana. No sabía si debía reír, llorar o, simplemente, aceptar su destino. Sólo tenía certeza de una cosa: había sido elegida como víctima.

Su marido se le había aparecido a última hora de la tarde y, para su sorpresa, lo acompañaba la abuela de la señorita Prym. El primer impulso de Berta habían sido los celos: ¿qué hacía con aquella mujer? Pero en seguida había notado la preocupación reflejada en sus ojos y se desesperó aún más cuando le contaron lo que habían oído en la sacristía.

Los dos le pidieron que huyera inmediatamente.

—¿Bromeáis? —respondió Berta—. ¿Cómo voy a huir? Si mis piernas a duras penas me llevan hasta la iglesia, que está a cien metros de aquí, ¿cómo voy a bajar por la cuesta? ¡Solucionad el problema allá arriba, por favor! ¡Protegedme! ¡Que se note que me paso el día rezando a todos los santos!

La situación era más complicada de lo que creía Berta, le contaron que el Bien y el Mal estaban en pleno combate y nadie podía interferir en él. Ángeles y demonios estaban librando una de sus periódicas batallas, en que salvan o condenan territorios enteros durante un período de tiempo indefinido.

—¿Y a mí, qué? Yo no sé cómo defenderme, ésta no es mi lucha, yo no he pedido entrar en ella.

Nadie lo había pedido. Todo había empezado con un error de cálculo de un ángel de la guarda, dos años atrás. En un secuestro, había dos mujeres con las horas contadas, pero una niña de tres años debía salvarse. Esa niña, dijeron, terminaría por consolar a su padre y conseguiría que mantuviera su esperanza en la vida y superara el tremendo sufrimiento a que sería sometido. Era un hombre de bien y, a pesar de que tendría que pasar por momentos terribles (nadie sabía la razón, eso formaba parte de un plan de Dios que no les habían contado del todo) acabaría por recuperarse. La niña crecería con el estigma de la tragedia pero, después de los veinte años, utilizaría la experiencia de su sufrimiento para aliviar el dolor ajeno. Terminaría por llevar a cabo un trabajo tan importante que sería conocido en las cuatro esquinas del mundo.

Ése era el plan original. Y todo iba bien: la policía entró en la casa y empezaron a disparar, las personas destinadas a morir, caían abatidas. En ese momento, el ángel de la guarda de la niña —Berta sabía que todos los niños de tres años ven à sus ángeles y hablan con ellos constantemente— le hizo una señal para que retrocediera hasta la pared. Pero la niña no lo entendió y se aproximó a él, para poder oír lo que le decía.

Apenas avanzó treinta centímetros; lo suficiente para que la alcanzara una bala mortal. A partir de entonces, la historia tomó otro rumbo; lo que estaba escrito que debía transformarse en una bella historia de redención se convirtió en una lucha sin cuartel. El Demonio entró en escena, reclamando el alma de aquel hombre, llena de odio, impotencia, deseo de venganza. Los ángeles no se conformaron; era un buen hombre, había sido elegido para ayudar a su hija a cambiar muchas cosas en el mundo, a pesar de que su profesión no era de las más recomendables.

Pero los argumentos del ángel no hicieron mella en sus

oídos. Poco a poco, el Demonio se fue apoderando de su alma, hasta que consiguió controlarla casi por completo.

—Casi por completo —repitió Berta—. Habéis dicho «casi».

Ambos se lo confirmaron. Aún quedaba una luz imperceptible, porque uno de los ángeles se había negado a desistir de la lucha. Pero no lo había escuchado nunca, hasta que, la noche anterior, había conseguido hablarle un poco. Y su instrumento había sido, precisamente, la señorita Prym.

La abuela de Chantal contó que estaba allí por eso: porque, si existía una persona capaz de cambiar la situación, ésa era su nieta. Sin embargo, el combate era más feroz que nunca y la presencia del demonio había sofocado de nuevo al ángel del extranjero.

Berta intentó calmarlos, porque estaban muy nerviosos; pero, al fin y al cabo, ellos ya estaban muertos, era ella quien debía estar preocupada. ¿Acaso no podían ayudar a Chantal a cambiarlo todo?

«El demonio de Chantal también está ganando la batalla», le respondieron. Cuando ella fue al bosque, su abuela le había enviado el lobo maldito, que, por cierto, sí existía, el herrero decía la verdad. Quiso despertar la bondad del hombre y lo había conseguido. Pero, aparentemente, el diálogo entre los dos no siguió adelante; ambos tenían una personalidad muy fuerte. Sólo quedaba una oportunidad: que la chica hubiera visto lo que ellos deseaban que viera. Mejor dicho: sabían que lo había visto, lo que querían era que lo entendiese.

—¿El qué?

No se lo podían revelar; el contacto con los vivos tenía un límite, había demonios prestando atención a lo que decían, y podían estropearlo todo si se enteraban del plan con antelación. Pero le garantizaron que se trataba de algo muy sencillo, y si Chantal era despabilada —tal como aseguraba su abuela— sabría controlar la situación.

Berta aceptó la respuesta; no pensaba exigir una indiscreción que podía costarle la vida, y se volvió hacia su marido.

—Me dijiste que me quedara aquí, sentada en esta silla, a lo largo de todos estos años, vigilando el pueblo, porque podía entrar el Mal. Eso fue mucho antes de que el error del ángel causara la muerte de la niña. ¿Por qué me lo pediste?

Su marido respondió que, de una manera o de otra, el Mal pasaría por Viscos, puesto que suele hacer una ronda por la Tierra, y le gusta atrapar a los hombres desprevenidos.

—No me convences.

Tampoco su marido estaba muy convencido de ello, pero era cierto. Tal vez el duelo entre el Bien y el Mal se libre en el corazón de cada hombre, el campo de batalla de ángeles y demonios; que luchen palmo a palmo para ganar terreno por muchos milenios, hasta que una de las dos fuerzas destruya por completo a la otra. Además, a pesar de que ya se encontraba en el plano espiritual, aún había muchas cosas que desconocía, muchas más de las que ignoraba en la Tierra.

—Ya estoy algo más convencida. Tomáoslo con calma; si muero, será porque habrá llegado mi hora.

Berta no dijo que se sentía celosa y que le gustaría reunirse con su marido; la abuela de Chantal había sido una de las mujeres más deseadas de Viscos.

Los dos se marcharon alegando que debían hacer entender a la chica lo que había visto.

Los celos de Berta aumentaron, pero intentó tranquilizarse,

aunque pensaba que su marido quería que viviese más tiempo para poder disfrutar, sin ser molestado, de la compañía de la abuela de la señorita Prym.

¡Quién sabe! Quizás al día siguiente terminaría con esa independencia que él creía tener. Berta reflexionó un poco y cambió de idea: el pobre hombre merecía unos años de descanso, no le costaba nada dejarle pensar que era libre de hacer lo que le viniera en gana, puesto que tenía la certeza de que la echaba mucho de menos.

Viendo las dos mujeres que estaban en la calle, pensó que no estaría nada mal seguir un cierto tiempo en aquel valle, contemplando las montañas, presenciando los eternos conflictos entre hombres y mujeres, los árboles y el viento, los ángeles y los demonios. Empezó a sentir miedo y procuró pensar en otra cosa; tal vez mañana utilizaría un ovillo de lana de otro color, porque el mantel le estaba quedando algo soso.

Antes de que la asamblea de la plaza terminara, ella ya estaba durmiendo, convencida de que la señorita Prym terminaría por entender el mensaje, aunque no tuviera el don de comunicarse con los espíritus.

—EN LA IGLESIA, EN SUELO sagrado, os hablé de la necesidad del sacrificio —dijo el sacerdote—. Aquí, en suelo profano, os pido que estéis dispuestos al martirio.

La plazoleta, con su iluminación deficiente —sólo había un farol, a pesar de que el alcalde había prometido instalar más durante la campaña electoral, estaba al completo. Campesinos y pastores, con ojos soñolientos, puesto que suelen acostarse y levantarse con el sol, guardaban un silencio respetuoso y asustado. El sacerdote había colocado una silla junto a la cruz y se había subido a ella, de manera que todos pudieran verlo.

—Durante siglos, la Iglesia ha sido acusada de luchas injustas, pero, en realidad, no hemos hecho otra cosa que sobrevivir a las amenazas.

—¡No hemos venido aquí para escuchar historias de la Iglesia, señor cura! —gritó una voz.

—No es necesario que os explique que sobre Viscos pesa la amenaza de desaparecer del mapa, y junto con Viscos, desapareceréis vosotros, vuestras tierras y vuestros rebaños. Os aseguro que no he venido aquí para hablar de la Iglesia, pero sí debo deciros una cosa: sólo con el sacrificio y la penitencia podremos llegar a la salvación. Y antes de que me interrumpáis de nuevo añadiré que me refiero al sacrificio de una persona, de la penitencia de todos, y de la salvación del pueblo.

—¡Quizás todo sea una mentira! —exclamó otra voz.

—El extranjero nos enseñará el oro mañana sin falta —dijo el alcalde, contento por aportar una información de la que el cura no estaba enterado—. La señorita Prym no quiere cargar sola con la responsabilidad, y la dueña del hotel lo convenció para que trajera los lingotes hasta aquí. Sólo actuaremos si nos ofrece esta garantía.

Entonces, el alcalde tomó la palabra e hizo una gran disertación sobre las mejoras que pensaba llevar a cabo en el pueblo, las reformas, el parque infantil, la reducción de los impuestos, y la distribución de la riqueza recién adquirida.

—¡A partes iguales! —vociferó alguien.

Había llegado el momento de asumir un compromiso que detestaba; pero todos los ojos se fijaron en él, y parecían haberse desvelado de repente.

—A partes iguales —confirmó el sacerdote antes de que el alcalde tuviera tiempo de reaccionar. No existía ninguna otra alternativa: o todos participaban con la misma responsabilidad y la misma recompensa o, en breve, alguien terminaría por denunciar el crimen, por envidia o venganza. El sacerdote conocía bien esas dos palabras.

—¿Quién va a morir?

El alcalde explicó la manera equitativa con que habían elegido a Berta; sufría mucho por la pérdida de su marido, era vieja, no tenía amigos, parecía loca, sentada de la mañana a la noche a la puerta de su casa y, además, no colaboraba en la prosperidad de la aldea. En vez de invertir su dinero en ovejas o tierras, lo había ingresado a largo plazo en un banco muy lejos de allí; los únicos que se beneficiaban de él eran los comerciantes que, al igual que el repartidor del pan, aparecían todas las semanas en el pueblo para vender sus productos.

Ninguna voz se manifestó en contra de la elección. El alcalde se alegró de ello, porque habían aceptado su autoridad;

el sacerdote, en cambio, sabía que aquello podía ser una buena o una mala señal, el silencio no siempre significa un «sí»; generalmente, sólo demuestra la incapacidad de las personas para reaccionar de inmediato. Pero si alguien no estaba de acuerdo, después se torturaría por lo que había aceptado sin desearlo y las consecuencias podían ser muy graves.

—Necesito que todos estéis de acuerdo —dijo el sacerdote—. Necesito que digáis en voz alta si estáis de acuerdo o no, para que Dios os pueda oír y sepa que tiene hombres valientes en su ejército. A los que no creéis en Dios, también os pido que digáis en voz alta si estáis de acuerdo o no, de manera que todos sepamos lo que piensa cada uno.

Al alcalde no le gustó nada que el sacerdote empleara la forma «necesito», ya que, lo correcto habría sido decir «necesitamos» o «el alcalde necesita». Cuando aquel asunto hubiera terminado, recuperaría su autoridad fuera como fuese. Ahora, como buen político, dejaría que el sacerdote hablara y se pusiera en evidencia.

—Debéis estar todos de acuerdo.

El primer «sí» partió del herrero. El alcalde, para demostrar su valor, también manifestó su acuerdo en voz alta. Poco a poco, todos los presentes en la plaza fueron diciendo en voz alta que estaban de acuerdo, hasta que todos asumieron el compromiso. Unos estaban de acuerdo porque querían que la asamblea se acabara de una vez para poder volver a casa; otros pensaban en el oro y en la manera más rápida de abandonar el pueblo con la riqueza recién adquirida; otros pensaban enviar dinero a sus hijos, para que no pasaran vergüenza delante de sus amigos de la gran ciudad; prácticamente, ninguno de los hombres allí reunidos creía que Viscos podía recuperar la gloria perdida, sólo deseaban una riqueza que siempre habían merecido y jamás habían tenido.

Nadie dijo que no.

—En este pueblo hay 108 mujeres y 178 hombres —continuó diciendo el sacerdote—. Cada habitante tiene, por lo menos, un arma, ya que la tradición manda que todos aprendan a cazar. Pues bien, mañana por la mañana dejaréis esas armas cargadas con un solo cartucho en la sacristía. Y le pido al alcalde, que tiene más de una escopeta, que traiga una para mí.

—Nunca dejamos nuestras armas a los extraños —gritó un guía de caza—. Son sagradas, caprichosas, personales. No pueden ser utilizadas por otras personas.

—¡Dejadme terminar, por favor! Os explicaré cómo funciona un pelotón de fusilamiento: se convoca a siete soldados para disparar contra el condenado a muerte. Se entregan siete fusiles a los soldados: seis que están cargados con balas de verdad y uno que contiene un cartucho sin munición. La pólvora explota de la misma manera, el ruido es idéntico, pero de ahí dentro no saldrá plomo disparado en dirección al cuerpo de la víctima.

»Ningún soldado sabe cuál es el rifle que contiene el cartucho de fogueo. Así, cada uno cree que es el suyo, y que son sus compañeros los responsables por la muerte de aquel hombre o de aquella mujer que no conocen, pero a quien se han visto obligados a ejecutar porque se trata de un deber que conlleva su oficio.

—Todos se consideran inocentes —dijo el terrateniente, que hasta entonces se había mantenido en silencio.

—Exacto. Mañana, yo haré lo mismo: retiraré el plomo de 87 cartuchos, y dejaré las otras escopetas cargadas. Todas las armas sonarán al mismo tiempo y nadie sabrá cuáles tenían un proyectil dentro; de esta manera, todos os podréis considerar inocentes.

POR MÁS CANSADOS que estuvieran, la idea del sacerdote fue acogida con un suspiro de alivio. Una energía diferente se desparramó por la plaza como si, de un momento a otro, toda aquella historia hubiera perdido su cariz trágico y se hubiese convertido en la búsqueda de un tesoro escondido. Cada uno de los presentes tuvo la certeza absoluta de que su arma sería la del cartucho de fogueo y que no era culpable de nada, sino solidario con sus compañeros que necesitaban cambiar de vida y de ciudad. Todos estaban muy animados; Viscos era un lugar en donde finalmente sucedían cosas diferentes e importantes.

—La única arma que estará cargada será la mía, podéis estar seguros, puesto que yo no puedo elegir por mí mismo. Tampoco me voy a quedar con mi parte del oro; esto lo hago por otros motivos.

Las palabras del sacerdote molestaron de nuevo al alcalde. Estaba haciendo los posibles para que los habitantes de Viscos comprendieran que se trataba de un hombre valiente, un líder generoso capaz de hacer cualquier sacrificio. Si su mujer estuviera allí, diría que estaba preparando su candidatura para las próximas elecciones municipales.

«Ya llegará el lunes», pensó. Promulgaría un decreto aumentando de tal manera los impuestos de la iglesia, que al sacerdote le resultaría imposible quedarse en el pueblo. Al fin y al cabo, era el único que no pretendía ser rico.

—¿Y la víctima? —preguntó el herrero.

—Vendrá —dijo el sacerdote—. Yo me encargaré de ello. Pero necesito tres voluntarios.

Como no se presentó nadie, el sacerdote escogió tres hombres fuertes. Uno de ellos intentó negarse, pero sus amigos lo miraron y cambió de idea al momento.

—¿Dónde ofreceremos el sacrificio? —preguntó el terrateniente, dirigiéndose abiertamente al sacerdote. El alcalde estaba perdiendo su autoridad rápidamente, y necesitaba recuperarla de inmediato.

—Quien decide soy yo —dijo, mirando con rabia al terrateniente—. No quiero que el suelo de Viscos se manche con sangre. Será mañana, a esta misma hora, junto al monolito celta. Traed linternas, farolillos y antorchas, para que todos podáis ver bien dónde apuntáis la escopeta y no disparéis en la dirección equivocada.

El sacerdote bajó de la silla; la asamblea había finalizado. Las mujeres de Viscos volvieron a oír pasos en el pavimento, los hombres volvían a sus casas. Una vez allí, bebieron algo, miraron por la ventana o, simplemente, cayeron en la cama, rendidos. El alcalde habló con su mujer, quien le comentó lo que había oído en casa de Berta y la angustia que había sentido. Claro que, después de analizar —junto con la dueña del hotel— palabra por palabra lo que había dicho la anciana, las dos llegaron a la conclusión de que Berta no sabía nada, y que había sido el sentimiento de culpa lo que les había hecho pensar lo contrario. «No existen los fantasmas ni el lobo maldito», afirmó.

El sacerdote volvió a la iglesia, y pasó la noche entera en oración.

Chantal desayunó con el pan del día anterior, porque el domingo no pasaba la furgoneta del panadero. Miró por la ventana, y vio que los habitantes de Viscos salían de sus casas con un arma de caza. Se dispuso a morir, ya que cabía la posibilidad de que la hubieran elegido; pero nadie llamó a su puerta; al contrario, seguían adelante, entraban en la sacristía, y salían con las manos vacías.

Bajó, se acercó al hotel, y la dueña le contó lo que había sucedido la noche anterior; la elección de la víctima, la propuesta del cura, los preparativos para el sacrificio. El tono hostil había desaparecido por completo y las cosas parecían estar cambiando a favor de Chantal.

—Hay algo que quiero decirte; algún día, Viscos se dará cuenta de todo lo que has hecho por sus habitantes.

—Pero el extranjero tendrá que enseñarnos el oro —insistió.

—Claro. Acaba de salir con la mochila vacía.

La chica decidió no salir a pasear por el bosque, porque tendría que pasar por delante de la casa de Berta y se sentiría muy avergonzada si la veía. Volvió a su cuarto en donde, de repente, recordó su sueño.

La tarde anterior había tenido un sueño muy raro; un ángel le entregaba los once lingotes de oro y le pedía que los guardase ella.

Chantal le respondía que, para ello, era necesario matar a

alguien. Pero el ángel le aseguraba que no: todo lo contrario, los lingotes demostraban que el oro no existía.

Por eso le había pedido a la dueña del hotel que hablara con el extranjero; tenía un plan. Pero, como había perdido todas la batallas de su vida, desconfiaba de poder llevarlo a cabo.

BERTA CONTEMPLABA LA PUESTA DEL sol detrás de las montañas, cuando vio que se acercaban el cura y otros tres hombres. Se puso triste por tres cosas: por saber que había llegado su hora, por ver que su marido no había aparecido para consolarla —tal vez sentía miedo por lo que tendría que escuchar, tal vez estaba avergonzado por no haber podido salvarla—, y porque se dio cuenta de que el dinero que había ahorrado quedaría en manos de los accionistas del banco donde estaba depositado, ya que no había tenido tiempo de retirarlo y encender una hoguera con él.

Pero se alegró por dos cosas: porque finalmente se reuniría con su marido, que en ese momento debía de estar paseando con la abuela de la señorita Prym; y porque el último día de su vida había sido frío pero soleado y claro; no todo el mundo tiene el privilegio de partir con un recuerdo tan bello.

EL CURA HIZO un gesto para indicar a los tres hombres que se mantuvieran a una cierta distancia, y se le acercó solo.

—Buenas tardes —dijo ella—. Contemplad esta naturaleza tan maravillosa: en ella se refleja la grandeza de Dios.

«Me matarán, pero les dejaré todo el sentimiento de culpa del mundo».

—Lo dices porque no te imaginas el Paraíso —respondió el cura, pero ella notó que su flecha lo había alcanzado, y que luchaba por conservar la sangre fría.

—No sé si es tan bello, ni siquiera tengo la certeza de que exista; ¿ha estado allí alguna vez, señor cura?

—Aún no. Pero conozco el infierno, y sé que es terrible, a pesar de que parezca muy atrayente visto desde fuera.

La mujer comprendió que se refería a Viscos.

—Se equivoca, señor cura. Usted ha estado en el Paraíso, pero no ha sabido reconocerlo. Como sucede con la mayoría de las personas de este mundo, que buscan el sufrimiento en los lugares más alegres, porque creen que no merecen la felicidad.

—Al parecer, todos los años que has pasado aquí te han hecho más sabia.

—Hacía mucho tiempo que nadie venía a charlar conmigo y ahora, curiosamente, todos se han acordado de que existo. Imagínese que ayer por la noche la dueña del hotel y la mujer del alcalde me honraron con su visita, y hoy viene a verme el párroco de la aldea; ¿me habré vuelto una persona importante?

—Mucho —dijo el sacerdote—. La más importante de la aldea.

—¿He heredado algo?

—Diez lingotes de oro. Hombres, mujeres y niños, y las generaciones del futuro te estarán muy agradecidas. Incluso es posible que erijan una estatua en homenaje a tu persona.

—Prefiero una fuente; además de ser decorativa, sacia la sed de los que llegan, y calma a los que están preocupados.

—Construiremos una fuente. Te doy mi palabra.

Berta consideró que ya era hora de acabar con aquella farsa e ir directamente al grano.

—Lo sé todo, señor cura. Usted está condenando a una mujer inocente, que no puede luchar por su vida. Maldito sea usted, esta tierra, y todos sus habitantes.

—Maldito sea —repitió el sacerdote—. Durante más de veinte años intenté bendecir esta tierra, pero nadie escuchó mi llamada. Durante estos mismos veinte años intenté traer el bien al corazón de los hombres, hasta que comprendí que Dios me había elegido para ser su brazo izquierdo, y mostrarles todo el mal de que son capaces. Tal vez así se asustarán y se convertirán.

Berta tenía ganas de llorar pero se contuvo.

—Unas palabras muy bonitas, pero sin ningún contenido. Apenas dan una explicación para la crueldad y la injusticia.

—Al contrario que los demás, yo no lo hago por dinero. Sé que el oro está maldito, como esta tierra, y que no aportará felicidad para nadie: lo hago porque Dios me lo ha pedido. Mejor dicho: me lo ha ordenado en respuesta a mis oraciones.

«Es inútil discutir», pensó Berta mientras el sacerdote metía su mano en el bolsillo y sacaba unas pastillas.

—No sentirás nada —dijo—. Entremos en tu casa.

—Ni usted ni ninguna otra persona de esta aldea pisará mi casa mientras esté viva. Quizás esta noche la puerta estará abierta, pero ahora, no.

El sacerdote hizo un gesto a uno de sus acompañantes, que se acercó a ellos con una botella de plástico.

—Tómate estas pastillas. Dormirás durante las próximas horas. Cuando despiertes, estarás en el cielo, junto a tu marido.

—Siempre he estado junto a mi marido y nunca he tomado pastillas para dormir, a pesar de que tengo insomnio.

—Mejor así: el efecto será inmediato.

El sol ya se había puesto, las sombras caían rápidamente por encima del valle, la iglesia, el pueblo.

—¿Y si me niego a tomarlas?

—Las tomarás de cualquier manera.

La anciana miró a los hombres que acompañaban al sacerdote, y comprendió que le había dicho la verdad. Cogió las pastillas, se las puso en la boca, y bebió toda el agua de la botella. Agua: sin sabor, sin olor, sin color, pero, lo más importante del mundo. Al igual que ella, en aquel momento.

Volvió a mirar las montañas, ya cubiertas de sombras. Vio cómo surgía la primera estrella en el cielo, y recordó que había tenido una buena vida; nació y vivió en un pueblo que amaba, aunque ella no fuera muy popular en el pueblo, pero ¿qué importancia tenía eso? Quien ama esperando una recompensa está perdiendo el tiempo.

Había sido bendecida. No había conocido ningún otro país, pero sabía que allí, en Viscos, sucedían las mismas cosas que en todas partes. Había perdido a su amado marido, pero Dios le había concedido la alegría de poder conservarlo a su lado, incluso después de muerto. Vio el apogeo de la aldea, presenció el inicio de su decadencia, y se iba antes de verla destruida por completo. Había conocido a los hombres con sus defectos y virtudes, y creía que, a pesar de lo que le estaba pasando, y de las luchas que su marido decía presenciar en el mundo invisible, la bondad humana acabaría por vencer al final.

Sintió lástima del sacerdote, el alcalde, la señorita Prym, el extranjero y de cada uno de los habitantes de Viscos: el Mal jamás traería el Bien, por mucho que ellos quisieran creerlo. Descubrirían la realidad cuando ya sería demasiado tarde.

Solamente lamentaba una cosa: nunca había visto el mar. Sabía que existía, que era inmenso, furioso y calmado a la vez, pero nunca había podido acercarse al mar, no había sentido el sabor del agua salada en la boca, ni el tacto de la arena debajo de sus pies descalzos, no se había sumergido en el agua fría como quien vuelve al vientre de la Gran Madre (recordó que a los celtas les gustaba esa palabra).

Aparte de eso, poco tenía de qué quejarse. Estaba triste, muy triste por tener que irse de esa manera, pero no quería sentirse como una víctima: seguramente Dios la había elegido para aquel papel, que era mucho mejor que el que Él había elegido para el sacerdote.

—Quiero hablarte del Bien y del Mal —oyó decir al cura, al mismo tiempo que sentía una especie de torpeza en las manos y los pies.

—No hace falta. Usted no conoce el Bien. El daño que le hicieron lo envenenó y ahora está desparramando esta peste por nuestra tierra. No es diferente del extranjero que ha venido a destruirnos.

Apenas si oyó sus últimas palabras. Miró la estrella, y cerró los ojos.

El extranjero fue hasta el lavabo de su habitación, lavó cuidadosamente cada uno de los lingotes de oro y volvió a guardarlos en la vieja y gastada mochila. Dos días antes había hecho un mutis, pero ahora volvía para el último acto; era imprescindible aparecer en escena.

Lo había planeado todo meticulosamente: desde la elección de la aldea aislada, con pocos habitantes, hasta el hecho de tener un cómplice, de manera que, si las cosas se ponían feas, nadie pudiera acusarlo de ser el inductor de un crimen. El magnetófono, la recompensa, los movimientos cautelosos, la primera etapa en la que se haría amigo de la gente del pueblo, la segunda etapa, en la que sembraría el terror y la confusión. Pensaba hacer con los demás lo que Dios había hecho con él. Dios le había dado el Bien y después le había lanzado a un abismo, y él quería que los demás se encontraran en la misma situación.

Se cuidó de los más mínimos detalles, menos de uno: jamás pensó que su plan funcionaría. Tenía la certeza de que, cuando llegase la hora de la verdad, un simple «no» cambiaría la historia, que una persona se negaría a cometer el crimen y bastaba con una sola persona para demostrar que no todo estaba perdido. Si una persona salvaba la aldea, el mundo se habría salvado, la esperanza aún sería posible, la bondad era más fuerte, los terroristas no eran conscientes del daño que hacían, el perdón acabaría triunfando y sus días de sufrimiento serían sustituidos por un recuerdo triste, con el que podría aprender a convivir, y buscaría de nuevo la felicidad. Por este «no» que le hubiera gustado escuchar, la aldea habría recibido sus diez lingotes de oro, independientemente de la apuesta que había hecho con la chica.

Pero su plan había fallado. Y ya era tarde, no podía cambiar de idea.

LLAMARON A LA puerta.

—¡Venga! —Era la voz de la dueña del hotel—. Ha llegado la hora.

—Bajo en seguida.

Se puso el abrigo y se reunió con ella en el bar.

—Traigo el oro —dijo—. Pero, para evitar malentendidos, tenga en cuenta que hay personas que conocen mi paradero. Si deciden cambiar de víctima, pueden estar seguros de que la policía vendrá a buscarme aquí; usted misma me oyó hacer varias llamadas.

La dueña del hotel asintió con la cabeza.

El monolito celta estaba a media hora a pie de Viscos. Durante muchos siglos, la gente del lugar creyó que se trataba de una piedra distinta, grande, pulida por la lluvia y las heladas, que había estado en pie pero había sido derribada por un rayo. Ahab acostumbraba a reunir al consejo de la ciudad allí, porque la piedra servía de mesa natural, al aire libre.

Hasta que el gobierno envió un equipo para investigar la presunta presencia de los celtas en el valle, y alguien se fijó en el monumento. De inmediato se acercaron hasta allí los arqueólogos, que tomaron medidas, hicieron cálculos, discutieron, excavaron y llegaron a la conclusión de que un pueblo celta había elegido aquel sitio como una especie de santuario, pero desconocían qué tipo de rituales se practicaban allí. Unos decían que era un observatorio astronómico, otros aseguraban que se llevaban a cabo ceremonias de fertilidad; vírgenes poseídas por druidas. El grupo de eruditos discutió durante una semana entera y, después, se marcharon en dirección a otro yacimiento, mucho más interesante, sin llegar a ninguna conclusión.

Cuando fue elegido, el alcalde intentó atraer al turismo publicando en un periódico de la zona un reportaje sobre la herencia celta de los habitantes de Viscos, pero los senderos eran difíciles, y todo lo que encontraban los escasos aventureros que llegaban hasta allí era una piedra caída, mientras que en otras aldeas del valle había esculturas, inscripciones y cosas mucho más interesantes. La idea no prosperó y, al poco tiempo, el monolito volvió a ejercer su función de siempre: servir de mesa para los picnics de fin de semana.

AQUELLA TARDE HUBO peleas en varios hogares de Viscos, todas por el mismo motivo; los maridos querían ir solos, y las mujeres exigían tomar parte en el «ritual del sacrificio», que era como llamaban al crimen que estaban a punto de cometer. Los maridos decían que era peligroso, que nadie sabe lo que puede hacer un arma de fuego, las mujeres insistían en que eran unos egoístas, que debían respetar sus derechos y que el mundo ya no era como antes. Al final, los maridos cedieron y las mujeres lo celebraron.

Ahora, una procesión se dirigía al lugar elegido, formando una hilera de 281 puntos luminosos, porque el extranjero llevaba una antorcha y Berta no llevaba nada, de modo que el número de habitantes seguía estando representado con exactitud. Cada uno de los hombres cargaba un farolillo o una linterna en una mano y una escopeta de caza en la otra, doblada por la mitad, de manera que no pudiera dispararse accidentalmente.

Berta era la única que no necesitaba andar; dormía plácidamente en una litera improvisada que dos leñadores cargaban con muchas dificultades. «Menos mal que no tendremos que cargar este peso de vuelta —pensaba uno de ellos—. Porque, con la munición clavada en la carne, pesará el triple».

Calculó que cada cartucho debía de contener, aproximadamente, seis pequeñas esferas de plomo. Si todas las escopetas cargadas acertaban el objetivo, aquel cuerpo recibiría el impacto de 522 perdigones y, al final, habría más metal que sangre.

El hombre sintió que se le revolvía el estómago. No debía pensar en nada, sólo en el lunes siguiente.

Nadie habló durante el trayecto. Nadie se miró a los ojos, parecía que aquello fuera una pesadilla que estaban dispuestos a olvidar lo más de prisa posible. Llegaron resoplando —más por la tensión que por el cansancio— y formaron un enorme semicírculo de luces en el claro donde estaba el monumento celta.

En cuanto el alcalde hizo una señal, los leñadores desataron a Berta de la litera y la colocaron echada en el monolito.

—Así no puede ser —protestó el herrero, recordando las películas de guerra, con soldados arrastrándose por el suelo—. Es muy difícil acertar a una persona tumbada.

Los leñadores retiraron a Berta y la sentaron en el suelo, con la espalda apoyada en la piedra. Parecía la posición ideal, pero, de repente se oyó una voz llorosa de mujer.

—¡Nos está mirando! —dijo—. Ve lo que estamos haciendo.

Evidentemente, Berta no veía nada de nada, pero resultaba insoportable contemplar aquella señora de aire bondadoso, durmiendo con una sonrisa de satisfacción pintada en los labios, que en breve sería destrozada por una enorme cantidad de esferas de metal.

—¡De espaldas! —ordenó el alcalde, a quien también incomodaba aquella imagen.

Protestando, los leñadores se acercaron de nuevo al monolito, dieron la vuelta al cuerpo y lo dejaron arrodillado en el suelo, con el rostro y el pecho apoyados en la piedra. Como era imposible mantenerlo erecto en esa posición, le ataron las muñecas con una cuerda que pasaron por encima del monumento y ataron por el otro lado.

Era una posición grotesca: la mujer arrodillada, de espaldas, con los brazos extendidos por encima de la piedra, como si estuviera rezando o implorando algo. Se oyó una nueva protesta, pero el alcalde dijo que ya era hora de terminar con la tarea.

Cuanto antes, mejor. Sin discursos ni justificaciones; todo eso quedaba para el día siguiente, en el bar, en las conversaciones entre pastores y campesinos. Con toda certeza, dejarían de utilizar durante mucho tiempo una de las tres salidas de Viscos, ya que todos estaban acostumbrados a ver a la vieja sentada allí, contemplando las montañas y hablando sola. Menos mal que el pueblo tenía otras dos salidas, aparte de un atajo, con una escalera improvisada, que daba a la carretera de abajo.

—¡Acabemos de una vez! —dijo el alcalde, muy contento porque el sacerdote ya no decía nada y su autoridad había sido restablecida—. Alguien podría ver las luces desde el valle y subir a ver qué está pasando. Preparad las escopetas, disparad, y vámonos.

Sin solemnidad. En el cumplimiento del deber, como buenos soldados que defendían a su pueblo. Sin dudas. Era una orden y debían obedecerla.

Pero, de repente, el alcalde no sólo comprendió el silencio del sacerdote, sino que tuvo la certeza de estar cayendo en una trampa. A partir de entonces, si alguna vez se filtraba el asunto, todos podrían decir lo mismo que los asesinos de guerra: que estaban cumpliendo órdenes. ¿Qué estaba pasando en el corazón de aquellas personas? ¿Lo consideraban un canalla o un salvador?

No podía flaquear, precisamente en el momento en que oyó el chasquido de las escopetas desdoblándose, el cañón encajando perfectamente en la culata. Se imaginó el estruendo que harían las 174 armas, pero antes de que alguien tuviera tiempo de subir a ver lo que había pasado, ellos ya estarían lejos; poco antes de iniciar el ascenso, había dado orden de apagar todas las linternas en el camino de vuelta. Se sabían de memoria el camino, la luz sólo era necesaria para evitar accidentes a la hora de disparar.

Instintivamente, las mujeres se echaron atrás y los hombres apuntaron en dirección al cuerpo inerte, que distaba unos cincuenta metros. No podían fallar; desde pequeños les habían enseñado a disparar a animales en movimiento y a pájaros en pleno vuelo.

El alcalde se preparó para dar la orden de disparar.

—¡Un momento! —gritó una voz de mujer.

Era la señorita Prym.

—¿Y el oro? ¿Habéis visto el oro?

Bajaron las escopetas, pero aún seguían amartilladas: no, nadie lo había visto. Todos se volvieron hacia el extranjero.

Éste se acercó, lentamente, hasta situarse delante de las armas. Puso su mochila en el suelo y empezó a sacar, uno a uno, los lingotes de oro.

—Aquí lo tenéis —dijo, y volvió al lugar que ocupaba en uno de los extremos del semicírculo.

La señorita Prym fue hasta donde estaban los lingotes y cogió uno.

—Es oro —dijo—. Pero quiero que os aseguréis de ello. Que vengan nueve mujeres y que cada una examine los demás lingotes que están en el suelo.

El alcalde empezaba a estar inquieto, las mujeres deberían situarse en la línea de fuego y los nervios podían hacer que alguna arma se disparase accidentalmente; pero nueve mujeres —inclusive la suya— se acercaron a donde estaba la señorita Prym e hicieron lo que les había pedido.

—Sí, es oro —afirmó la mujer del alcalde, estudiando con cuidado lo que tenía entre manos y comparándolo con las pocas joyas que poseía—. Tiene un sello del gobierno, un número que debe indicar la serie, la fecha en que fue fundido y el peso. No nos ha engañado.

—Pues bien, no dejéis de sujetar los lingotes mientras escucháis lo que tengo que deciros.

—No es hora de discursos, señorita Prym —dijo el alcalde—. Salid de ahí, para que podamos terminar con este asunto.

—¡Cállate, idiota!

El grito de Chantal los asustó a todos. Parecía imposible que nadie, en Viscos, se atreviera a decir lo que acababan de oír.

—¿Te has vuelto loca?

—¡Cállate! —gritó ella, con más fuerza, temblando de la cabeza a los pies, con los ojos desorbitados por el odio—. ¡El loco eres tú, que has caído en esta trampa que nos arrastra hacia la maldición y la muerte! ¡Eres un irresponsable!

El alcalde avanzó hacia ella, pero dos hombres lo sujetaron.

—¡Queremos escuchar a la chica! —gritó una voz entre el gentío—. ¿Qué importa esperar diez minutos?

Diez minutos —o cinco— representaban una gran diferencia y todos los presentes, hombres o mujeres, lo sabían de sobras. A medida que se enfrentaban con la escena, el miedo aumentaba, el sentimiento de culpa se extendía, la vergüenza se iba apoderando de ellos, les temblaban las manos y todos querían una excusa para cambiar de idea. Mientras subían, estaban convencidos de que su arma estaba cargada con munición de fogueo y que después habría terminado todo; pero ahora les daba miedo que del cañón de su escopeta salieran los proyectiles auténticos y que el fantasma de aquella vieja —que tenía fama de bruja— se les apareciera por las noches.

O que alguien se fuera de la lengua. O que el cura no hubiera hecho lo prometido y que todos fueran culpables.

—Cinco minutos —dijo el alcalde, haciendo todo lo posible para que los demás creyeran que le estaba dando permiso, cuando, en realidad, la chica había conseguido imponer sus reglas.

—¡Hablaré cuanto quiera! —dijo Chantal, que parecía haber recuperado la calma, no estaba dispuesta a ceder ni un centímetro y hablaba con una autoridad nunca vista—. Pero no será mucho. Es curioso observar lo que está sucediendo porque todos nosotros sabemos que, en tiempos de Ahab, solían pasar por el pueblo unos hombres que aseguraban tener unos polvos mágicos que transformaban el plomo en oro. Se llamaban a sí mismos alquimistas y, por lo menos uno de ellos demostró que decía la verdad, cuando Ahab lo amenazó de muerte.

»Hoy, vosotros queréis hacer lo mismo: mezclar el plomo con la sangre, convencidos de que se transformará en este oro que tenemos en las manos. Por un lado, tenéis toda la razón. Por el otro, el oro se os escapará de las manos con la misma rapidez con que llegó a ellas.

El extranjero no entendía nada de lo que decía la chica, pero deseaba que siguiera hablando porque sentía que en un rincón oscuro de su alma la luz olvidada volvía a brillar.

—En la escuela todos aprendimos la famosa leyenda del rey Midas. Un hombre que se encontró con un dios, y el dios le concedió un deseo. Midas ya era muy rico, pero quería más dinero, y le pidió la facultad de transformar en oro todo lo que tocase.

»Permitidme que os recuerde lo que le sucedió: primero, Midas transformó en oro sus muebles, su palacio y todo lo que lo rodeaba. Trabajó una mañana entera y consiguió tener un jardín de oro, árboles de oro, escalinatas de oro. Al mediodía sintió hambre y quiso comer. Pero cuando tocó la suculenta pierna de cordero que le habían preparado sus sirvientes, ésta también se transformó en oro. Levantó un vaso de vino y se transformó en oro al instante. Desesperado, fue a pedir ayuda a su mujer porque se dio cuenta de la equivocación que había cometido; cuando le tocó el brazo, la transformó en una estatua dorada.

»Los sirvientes salieron huyendo de allí, por miedo a que les sucediera lo mismo. En menos de una semana, Midas había muerto de hambre y de sed, rodeado de oro por todas partes.

—¿Por qué nos has contado esta historia? —le preguntó la mujer del alcalde, quien dejó el lingote en el suelo y volvió junto a su marido—. ¿Acaso ha venido algún dios a Viscos y nos ha concedido ese poder?

—Os la he contado por una razón muy simple: el oro, en sí mismo, no vale nada. Absolutamente nada. No podemos comerlo ni beberlo ni usarlo para comprar más ganado o tierras. Lo que vale es el dinero. ¿Cómo vamos a transformar este oro en dinero?

»Podemos hacer dos cosas: la primera, pedir al herrero que funda los lingotes, los divida en 280 pedazos iguales y cada uno irá a la ciudad a cambiarlo. Inmediatamente, despertaremos las sospechas de las autoridades, porque no hay oro en este valle, y resultará muy extraño que todos los habitantes de Viscos aparezcan con un pequeño lingote. Las autoridades desconfiarán. Nosotros diremos que encontramos un antiguo tesoro celta. Una rápida investigación demostrará que el oro está recién fundido, que ya hicieron excavaciones aquí, que los celtas no poseían cantidades tan grandes de oro, o habrían erigido una ciudad grande y lujosa en esta zona.

—¡Eres una ignorante! —dijo el terrateniente—. Llevaremos los lingotes al banco tal como están, con el sello del gobierno incluido. Los cambiaremos y repartiremos el dinero entre todos nosotros.

—Ésa es la segunda cosa. El alcalde coge los diez lingotes, los lleva al banco y pide que se los cambien por dinero. El cajero no le hará las preguntas que haría si todos nosotros, de uno en uno, nos presentáramos en el banco con un lingote; como el alcalde es una autoridad, sólo le pedirá el certificado de compra del oro. El alcalde dirá que no lo tiene, pero que —tal como dice su mujer— tiene el sello del gobierno y es auténtico. En él consta la fecha y el peso.

»Para aquel entonces, el hombre que nos habrá dado el oro estará muy lejos de aquí. El cajero dirá que necesita un cierto tiempo, ya que, a pesar de que conoce al alcalde y sabe que es una persona honesta, necesita una autorización para entregar una cantidad tan grande de dinero. Empezarán a preguntar de dónde ha salido el oro. El alcalde dirá que nos lo ha regalado un extranjero; al fin y al cabo, nuestro alcalde es inteligente y encuentra respuestas para todo.

»Después de que el cajero hable con el director del banco,

éste, que aunque no sospeche nada, no deja de ser un asalariado que no quiere correr riesgos innecesarios, llamará a la central del banco. Allí, nadie conoce al alcalde, y retirar una cantidad tan grande siempre resulta sospechoso; por lo tanto, le pedirán que espere un par de días, mientras investigan el origen de los lingotes. Y ¿qué descubrirán? Que el oro es producto de un robo. O que fue comprado por un grupo sospechoso de narcotráfico.

Chantal hizo una pausa. Ahora, todos compartían el miedo que ella había sentido la primera vez que tuvo su lingote entre las manos. La historia de un hombre es la historia de la humanidad.

—Porque este oro tiene número de serie. Y fecha. Es muy fácil de identificar.

Todos miraron en dirección al extranjero que se mantenía impasible.

—No sirve de nada preguntárselo —dijo Chantal—. Tendríamos que confiar en que nos está diciendo la verdad, y un hombre que pide que se cometa un crimen no merece ninguna confianza.

—Podemos retenerlo aquí, hasta que hayamos cambiado el metal por dinero —sugirió el herrero.

El extranjero hizo un gesto con la cabeza en dirección a la dueña del hotel.

—Es intocable. Debe tener amigos muy poderosos. En mi presencia, telefoneó a varias personas y reservó pasajes; si desaparece, sabrán que ha sido secuestrado, y vendrán a buscarlo a Viscos.

Chantal dejó su lingote de oro en el suelo y salió de la línea de fuego. Las otras mujeres la imitaron.

—Podéis disparar, si queréis. Pero yo sé que esto es una trampa del extranjero y no pienso ser cómplice en este crimen.

—¡Tú no sabes nada de nada! —exclamó el terrateniente.

—Si tengo razón, dentro de poco el alcalde estará entre rejas, y mandarán investigadores a Viscos para averiguar a quién robó el tesoro. Alguien tendrá que dar explicaciones y ese alguien no seré yo, por supuesto.

»Pero os prometo que callaré; sólo diré que no sé qué pasó. Además, todos conocemos al alcalde, al contrario del extranjero, que mañana se irá de Viscos. Es posible que asuma toda la culpa y diga que robó a un hombre que pasó una semana en el pueblo. Todos le consideraremos un héroe, el crimen jamás será descubierto y seguiremos adelante con nuestras vidas, pero, de una manera o de otra, sin el oro.

—¡Claro que asumiré la culpa! —exclamó el alcalde, que tenía muy claro que todo aquello era una invención de aquella chalada.

Pero oyó el primer chasquido de una escopeta que volvía a doblarse.

—¡Confiad en mí! —gritó el alcalde—. ¡Acepto el riesgo!

Pero, por toda respuesta, oyó otro chasquido, y otro, y los chasquidos parecían contagiarse unos a otros, hasta que casi todas las escopetas estuvieron dobladas; ¿desde cuándo se puede uno fiar de las promesas de los políticos? Sólo las escopetas del alcalde y del sacerdote permanecían listas para disparar; una apuntaba a la señorita Prym, la otra, al cuerpo de Berta. Pero el leñador —el mismo que antes había calculado la cantidad de perdigones que atravesarían el cuerpo de la vieja— se dio cuenta de lo que estaba sucediendo, se acercó a ellos, y les arrancó las escopetas de las manos: el alcalde no estaba tan loco como para cometer un crimen por venganza y el sacerdote no tenía experiencia con las armas y, posiblemente, fallaría el tiro.

La señorita Prym tenía razón: creer en los demás es muy arriesgado. De repente, parecía que todos se habían dado cuenta de ello, porque empezaron a abandonar aquel lugar, primero, los mayores, después, los más jóvenes.

Bajaron por la cuesta, en silencio, intentando pensar en el tiempo, en las ovejas que tenían que trasquilar, en el campo que debían arar de nuevo, en la temporada de caza que estaba a punto de empezar. Aquello no había sucedido, porque Viscos es una aldea perdida en el tiempo, en donde todos los días son iguales.

Cada uno se decía a sí mismo que aquel fin de semana sólo había sido un sueño.

O una pesadilla.

EN EL CLARO, sólo permanecieron tres personas y dos farolillos; una de las tres personas dormía atada a una piedra.

—Aquí tienes el oro de tu aldea —dijo el extranjero a Chantal—. Al final, me quedo sin el oro y sin mi respuesta.

—No es de mi aldea: es mío. Así como el lingote que está junto a la roca en forma de Y. Y tú me acompañarás a cambiarlo por dinero; no confío en tus palabras.

—Sabes muy bien que no habría hecho nada de lo que has dicho. Y, por lo que respecta al desprecio que sientes por mí, en realidad, se trata del desprecio que sientes por ti misma. Deberías estarme agradecida por todo lo que ha sucedido, ya que, al mostrarte el oro, te di mucho más que la posibilidad de hacerte rica.

—¡Muy generoso! —replicó Chantal, con ironía—. Desde el primer momento, podría haberte comentado algo acerca de la naturaleza del ser humano; aunque Viscos sea un pueblo decadente, tuvo un pasado de gloria y sabiduría. Podría haberte dado la respuesta que buscabas, si me hubiera acordado de ella.

Chantal desató a Berta y vio que tenía una herida en la cabeza, tal vez a causa de la posición en que habían colocado su cabeza en la piedra, pero no era nada grave. El problema era que debían quedarse allí hasta la mañana siguiente, esperando que la mujer despertase.

—¿Puedes darme esa respuesta ahora? —le preguntó el hombre.

—Supongo que ya deben de haberte contado el encuentro entre san Sabino y Ahab.

—Claro. El santo fue a ver a Ahab, conversó con él y, al final, el árabe se convirtió porque se percató de que el coraje del santo era mucho mayor que el suyo.

—Sí. Pero antes de irse a dormir volvieron a charlar un rato, a pesar de que Ahab se había puesto a afilar su puñal en cuanto san Sabino había puesto los pies en su casa. Convencido de que el mundo era un reflejo de sí mismo, decidió desafiarle, y le preguntó:

»—Si ahora entrase la prostituta más bella que ronda por el pueblo, ¿te sería posible pensar que no es bella y seductora?

»—No. Pero conseguiría controlarme —respondió el santo.

»—Si te ofreciera muchas monedas de oro para que dejaras la montaña y te unieras a nosotros, ¿te sería posible mirarlas como si fueran piedras?

»—No. Pero conseguiría controlarme.

»—Si vinieran a verte dos hermanos, uno que te detesta y otro que te considera un santo, ¿te sería posible pensar que los dos son iguales?

»—Aunque me hiciera sufrir, conseguiría controlarme y los trataría a los dos de la misma manera.

Chantal hizo una pausa.

—Dicen que este diálogo fue decisivo para la conversión de Ahab.

El extranjero no necesitaba que Chantal le contara el resto de la historia; Sabino y Ahab tenían los mismos instintos; el Bien y el Mal luchaban por ellos, como luchaban por todas las almas de la Tierra. Cuando Ahab comprendió que Sabino era igual que él, también comprendió que él era igual que Sabino.

Todo era una cuestión de control. Y de elección.

Nada más.

CHANTAL CONTEMPLÓ POR ÚLTIMA VEZ el valle, las montañas, los bosques por donde solía caminar de pequeña, y sintió en la boca el sabor a verduras recién recolectadas, a vino casero, hecho con la mejor uva de la comarca, que era celosamente guardada por la gente del pueblo para que ningún turista lo descubriese, ya que la producción era demasiado limitada para poder exportarlo a otros lugares, y el dinero podía hacer cambiar de opinión al viticultor.

Sólo había vuelto para despedirse de Berta; llevaba la misma ropa que de costumbre, para que nadie se percatara de que, durante su corto viaje a la ciudad, se había convertido en una mujer rica: el extranjero se había encargado de todo, había firmado los papeles de transferencia del metal, se había encargado de la venta del oro y de que el dinero fuera ingresado en la nueva cuenta de la señorita Prym. El cajero del banco los había mirado con una discreción exagerada y no había hecho más preguntas de las estrictamente necesarias para efectuar las transacciones. Pero Chantal sabía perfectamente lo que aquel hombre había pensado: que se hallaba delante de la joven amante de un señor maduro.

«¡Qué sensación tan agradable!», recordó. Según el cajero del banco, ella era tan buena en la cama que valía esa inmensa cantidad de dinero.

SE CRUZÓ CON algunos vecinos; nadie sabía que ella se marchaba, y la saludaron como si no hubiera sucedido nada, como si

Viscos no hubiera recibido la visita del Demonio. Ella devolvió el saludo, fingiendo también que aquel día era igual que todos los otros días de su vida.

No sabía hasta qué punto la había cambiado lo que había descubierto sobre sí misma, pero tenía tiempo para aprender. Berta estaba sentada delante de su casa, ya no para vigilar la llegada del Mal, sino porque no sabía hacer nada más.

—Van a construir una fuente en mi honor —dijo la anciana—. Es el precio de mi silencio. Pero yo sé que no durará mucho tiempo ni saciará la sed de mucha gente porque Viscos está condenado de cualquier manera: no por causa de ningún demonio, sino por la época en que vivimos.

Chantal le preguntó cómo sería la fuente; Berta había ideado un sol de donde manaría un chorro de agua que caería en la boca de un sapo; ella era el sol, y el sapo, el cura.

—Estoy saciando su sed de luz, y no dejaré de hacerlo mientras la fuente se tenga en pie.

El alcalde se había quejado por los gastos, pero Berta le hizo caso omiso y, dadas las circunstancias, no tenían más remedio que construirla: las obras debían empezar a la semana siguiente.

—Y tú, hijita, finalmente vas a hacer lo que te sugerí. Una cosa sí puedo decirte con toda seguridad: que la vida sea corta o larga depende de la manera en que la vivamos.

Chantal, sonriente, le dio un beso y dio la espalda —para siempre— a Viscos. La anciana tenía razón: no había tiempo que perder, aunque esperaba que su vida fuera muy larga.

22 de enero de 2000. 23.58 h.

Fotografía del autor: Xavier González

PAULO COELHO nació en Río de Janeiro en 1947 y es uno de los autores más vendidos e influyentes del mundo. *El Alquimista*, *Brida*, *La Quinta Montaña*, *Once minutos*, *El Zahir*, *La bruja de Portobello*, *Veronika decide morir*, entre otros, han vendido más de 320 millones de ejemplares en todo el mundo.

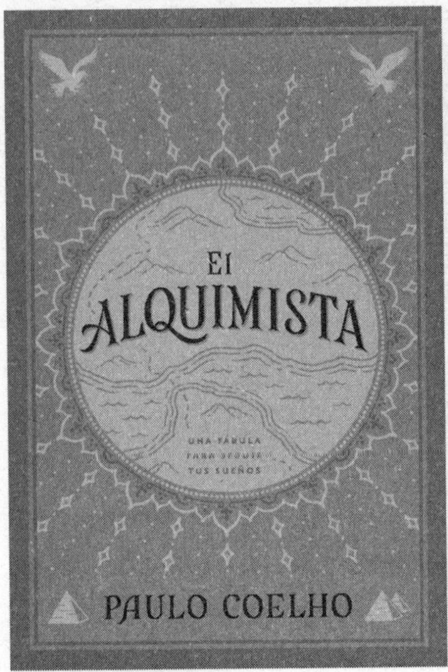

COLECCIÓN

PAULO COELHO

Encuéntrala en tu punto
de venta favorito